中公文庫

着　底　す

ＣＡドラゴン２

安東能明

中央公論新社

着底す　ＣＡドラゴン２

主な登場人物

矢島達司（やじまたつじ）	警察庁と極秘に契約を結ぶ最強エージェント。通称〝ロン〟。中国残留孤児二世。中国名は呉海龍（ウーハイロン）。
根岸麻里（ねぎしまり）	矢島のアシスタント
花岡邦夫（はなおかくにお）	矢島の旧友。ウイルス強奪事件に関与し、水天法（すいてんほう）に拘束されている
関 峰（グァンフォン）	池袋の中華料理店『延吉（えんきつ）』オーナー。矢島の親友
馬美帆（マーメイファン）	通称〝マーメイ〟。中国の反政府組織・水天法（すいてんほう）一味の首領格
小 芳（シィアオファン）	蒲田のマッサージ店、秋葉原のメイドカフェにいた謎の少女
染谷克則（そめやかつのり）	マーメイと行動を共にする、謎の日本人
宮木雅夫（みやぎまさお）	警察庁長官官房審議官。矢島のクライアント
蔡克昌（ツァイクオチャン）	中国大使館政治部公使参事官。裏で邪教集団を取り締まる６１０弁公室を率いる
イザベラ	ＣＩＡ東京支局長
宇佐見俊夫（うさみとしお）	武蔵医科大学の理事。新型インフルエンザウイルスを開発する
松堂（まつどう）	ＳＡＴ警部補。通称〝マツバ〟。矢島のサポートチームメンバー
田代健太（たしろけんた）	ＳＡＴ巡査部長。通称〝ケン〟。矢島のサポートチームメンバー

1

カキーン、カキーン――

甲高(かんだか)い高周波音が脳のひだに食い込んでくる。我慢できず薄く目を開ける。あたりは、もやがかかったように赤黒くガスっていた。それが非常用の赤色灯(せきしょくとう)とわかるのに、しばらくかかった。

後頭部が熱を帯びたようにずきずき痛む。すぐ前で、操舵員が床に突っ伏していた。生きているのか死んでいるのかわからない。発令所をふりむくのが恐ろしかった。

首に吊した放射能計を見る。正常値を指していた。放射能漏れはないようだ。

喉が焼けつくように渇いていた。艦長室で食事をすませてから、もう半日以上、水すら飲んでいない。

目の前の制御盤(コンソール)にずらりと並んだディスプレイが、自分たちのいる位置を表示していた。津軽海峡の西方入り口から、十キロほど海峡に入った地点。深度計は百二十メートルちょうどを指している。

ほぼ水平な海底段丘に、全長百四十メートルの巨大な鉄の塊が着底している様を頭に描いた。ほんの数十メートル先は、段丘が落ち込んで崖のようになっている。

空気の流れは規則正しく、息苦しさはない。ふたつある原子炉は止まっているようだ。十二基の弾道ミサイルにも、いまのところ異常はない。

戦術情報ディスプレイに映り込んだ異様な数の敵艦船を見て、震えが走った。

海上に二十三隻、そして海中にも、五隻の日米潜水艦が魚雷発射口をこちらに向けた姿勢で静止している。味方の中国艦船を示す兆候はいっさいない。

知らぬ間に敵の只中に入り込んでしまっている。

どうしてこんなところに来てしまったのか。

コンソールの時計は、午前四時五分を指していた。

八時間前、自動操縦装置を解除させて着底態勢に入った。息を殺して舵(ジョイ・スティック)を握る操舵員の動きを見つめた。

深度百二十メートルといえば、空気中の十二倍の水圧が船体にかかっている。少しでもタイミングがずれて、船体が衝撃を受ければ、卵の殻が割れるように、あっさりと船体が瓦解(がかい)してしまう深度だ。

それにしても、どうにか無事に海の底に下りたときのあのたとえようもない安堵(あんど)感――。あのときの発令所の光景がまざまざとよみがえってくる。

いま、艦はぴたりと制止している。艦は後方に七度、右舷にも五度ほど傾いていた。海流の速度は6ノット。津軽海峡の西口から東口に向かって流れている。流れの強い川の中にいるのと同じだ。

唯一の気休めは、着底しているこの場所が公海である点だ。

日本政府はお人好しにも、津軽海峡の中央部分を公海と定めている。その公海部分の北側すれすれに自分たちが乗る原子力潜水艦は着底しているのだ。

つまりは何人(なんぴと)からも攻撃されない……。

八日前、南海艦隊が置かれている海南島（ハイナンタオ）の楡林（ユィリン）海軍基地から出港した日を懐かしく感じた。いつものように、南シナ海でアメリカの潜水艦と呑気（のんき）に追いつ追われつの根比べをするものとばかり思っていた。

それが一転して、まさかこのような事態に陥るとは……。

転機は東シナ海に入ったときだった。日米艦船の追尾をふりきり、あろうことか日本海を北上したのだ。命ぜられるまま、対馬（つしま）海峡を越え、朝鮮半島とシベリア沿海ぎりぎりを潜航しつつ、日本海の中心に進んだ。

一度浮上させられてから、ウラジオストック沖まで北上したところで、東に転針した。日本海盆を深く潜航して奥尻（おくしり）海盆を通り抜け、一気に日本列島の大陸棚を駆け上がり現在の位置にたどり着いたのだ。

カキーン、カキーン――

べつの角度からの高周波音が一段とやかましくなった。

また打ちやがった。

うるさい。うるさい。気が狂いそうだ。

海上すれすれでホバリングする対潜ヘリが、アクティブソナーを打っているのだ。いったい、何発打てば気がすむのか。

こちらの位置はとっくに把握しているはずなのに。

それにしても、こんなところに、いつまで沈んでいるつもりなのだ。一分でも一秒でも早く離脱しなければ、生け捕りにされてしまうではないか。

ここは公海のはずなのに……。

どうして味方は来ない？

右手にある戦闘指揮のコンソールあたりで、また呻き声がした。思わず首をすくめる。

それでも気になって仕方がなかった。

2

ふと眠りに落ちそうになったとき、アシスタントの根岸麻里からスマホを渡された。耳に当てると、消え入りそうな声が聞こえた。

「誰？」

「……ク・ニ・オ」

「邦夫？　おまえか？」

「ああ……」

麻里の柔らかい手をはねのけ、矢島達司（やじまたつじ）はマッサージ台から起き上がった。

「いま、どこにいる？」

「清水橋（きよみずばし）の交差点……」

「西新宿（にししんじゅく）？」

「そう――」

呻き声とも何ともつかない声を最後に通話は途切れた。

矢島達司は全身に塗られたアロマオイルをタオルで拭きながら、クローゼットを開けた。

手早く下着を身につけ、ワイシャツの上からスーツを羽織った。実弾が装填（そうてん）されたままのベレッタM92FSをホルスターごと体につける。

「ロン、お帰りは？」

麻里に訊（き）かれた。

「たぶん遅くなる」

地下駐車場に停めてあるランドクルーザーに乗り込む。

地上に出ると一気に新宿大ガード下まで走った。

午前九時ちょうど。交差点はクルマで埋まっている。

信号が青になった。追い越し車線を使い前に出る。

新宿警察署の正面を通り、新宿中央公園の北側を走り抜けた。

ビルの谷間の先。清水橋の交差点が見えてくる。残りわずかだ。

花岡(はなおか)邦夫は中学校以来の親友だ。銚子(ちょうし)にある水産加工工場で離ればなれになったのは今朝の三時。それ以降、連絡はなかったのだ。

交差点まで残すところ百メートル。

前方に二台のクルマをはさんで、信号が黄色になった。

目の前に山手(やまて)通りが迫ってきた。

見通しのいい交差点だ。それらしい人影は見えない。

前を走るクルマが停まった。それに合わせて、ブレーキを踏み込む。

右側の右折レーンに、後方から黒っぽいミニバンが走り込んできた。

ランクルの運転席すれすれに停まり、後部座席の窓が下りた。グレーのサングラスをかけた生白い顔が、こちらを覗き込んでいた。

「邦夫っ」

呼びかけたと同時に、ミニバンは勢いよく交差点めがけて走り込んでいった。

矢島はとっさにブレーキに置いていた足を踏み替えた。

ハンドルを右に切りながら、思いきりアクセルを踏みつけた。

目の前の信号が赤に変わった。

交差点の真ん中に達しているミニバンが、急角度で右に曲がった。

矢島のランクルが交差点に進入したとき、右手からオートバイが突っ込んできた。急制動をかける。

ランクルの鼻先をかすめるようにオートバイは走り去っていった。

同じ方向から、続々とクルマがやって来る。けたたましいクラクション。

アクセルを踏み込む。一気に四千回転まで上げた。

飛び出すように加速する。中央の手前で右にカーブを切る。

ぎりぎりのところで、クルマの群れをかわし、山手通りに入った。

邦夫を乗せた黒いミニバンは首都高速中央環状線の中野長者橋(なかのちょうじゃばし)入口に吸い込まれていった。

加速する。勾配(こうばい)がきついランプウェイに入った。下り坂で一気に距離をつめた。

ミニバンの真後ろに張りつく。

勾配がゆるやかになり、左手にトンネルの本線が近づいてくる。二車線だ。

進入レーンを走るミニバンがスピードを落とす。

暗い。ランクルのヘッドライトをつける。

本線の走行車両が多い。間断なく走っているので、なかなか入れない。

ミニバンはいったん徐行した。

そのときだった。ミニバンがふいに視界から消えた。右手にスライドしたのだ。

本線を走っていたクルマが、追突を避けようとして急制動をかけた。

そこに生まれたわずかなスキを突いて、ミニバンは本線に割り込んだ。

数テンポ遅れて、矢島も強引に本線に進入した。

ミニバンは百メートル先の追い越し車線を走っていた。あいだに、五台のクルマが入っている。池袋(いけぶくろ)までトンネルは、まっすぐだ。あわてる必要はない。

見失わないよう、ミニバンのテールランプを見つめながら追従する。

たったいま見た邦夫の顔がちらついた。

頬のあたりが赤黒く腫れて、唇が切れていた。暴行を受けていたのかもしれない。

花岡邦夫は矢島と同じく、中国残留孤児の二世だ。

四日前、都内の私立大学の研究室で、強毒性インフルエンザウイルスの強奪事件が起きた。宗教団体の仮面をかぶった中国の民主化グループ〝水天法(すいてんほう)〟による犯行だ。

邦夫はそれに加担していた。犯行直後、中国政府直属の〝６１０弁公室(べんこうしつ)〟が介入してきた。中国国内外で民主化運動を潰すことを目的とする組織だ。

その介入に恐れをなした邦夫は、６１０側に寝返り、銚子にある食品加工工場に捕らえられていたのだ。矢島が救出しようとしたとき、〝水天法〟一味も現れ、現場は混乱の渦に巻き込まれた。

邦夫が単独で逃げおおせたとは考えにくい。

６１０弁公室、あるいはそれと敵対する水天法一味に連れ去られたはずだ。

どちらの勢力も邦夫の味方ではない。邦夫が危機に面しているのはたしかだ。

いずれにしろ、警察庁からの要請を受けて、矢島がインフルエンザウイルスを取り返し、ＣＩＡ東京支局長のイザベラに渡してから、まだ四時間しかたっていない。

山手トンネルを抜けて、首都高速池袋線に入った。

ミニバンは逃げる気配がない。かなりの人数が乗っているらしく、車体が沈み込んで動きが鈍い。まわりのクルマと一体になって北に向かっている。

荒川（あらかわ）を渡りかける。

アクセルを踏み込み、前を走る三台をかわして、ミニバンの真横についた。

そのときスマホが鳴った。スイッチをオンにする。女の声が流れてきた。

「彼が気になるのね？」

聞き覚えのある声だ。

ミニバンの助手席の窓が下りて、若い女が顔を覗かせた。アーモンドの形をした大きな目と合った。風を受けて長い髪がなびいている。

馬美帆(マーメイファン)――マーメイ。ハーバード大学出の人権活動家。日本にいる水天法一味の首領格だ。

「彼は見た通り無事よ。安心して」

「そうは見えなかった」

マーメイはそれを無視するように、

「昨日は助けてもらってありがとう」

と呼びかけてきた。

「まだ今朝のことだがな」

「もう、ずいぶん昔のような気がして」

矢島は前方を見ながら、慎重に運転する。

「邦夫をどうする気だ?」

「こんな悪人でも気になるの?」

邦夫はウイルスを強奪した直後、水天法グループの男をふたり殺しているのだ。

「それは関係がない」

「……日本人って、わからない。ね、染谷（そめや）」

マーメイの横で運転している男がうなずきながら、ちらちらと流し目をくれる。

髪の短い温厚そうな顔立ち。太い眉と細い目。三十五、六。いや、もっと若いか。

秋葉原（あきはばら）のゲーム機器専門店・シリコン丸で働いていた日本人従業員だ。

矢島は手元で車載カメラを調整し、ミニバンに乗っている人間に向けた。自動撮影モードにする。

マーメイはガラス窓を上げた。いきなりミニバンは車線を替え、ランクルの前に割り込んだ。立ちはだかるようにスピードをゆるめる。あわてて、急ブレーキを践んだ。

日本人って、わからない――

マーメイの言った言葉を思い出して、思わず苦笑した。

矢島の中国名は呉海龍（ウーハイロン）。

肉親捜しで来日した父親に連れられて、二十七年前に来日した。八歳のときだ。

中学高校と進んだが、中国残留日本人孤児の子どもというだけで、いじめ抜かれた。その後アメリカに渡り、幼いころから身につけてきた武道で身を立てた。日本に帰国してから、要人専門の警備会社を興し成功した。いまでは警察庁と直接契約（コントラクト）を結ぶエージェントだ。

後部座席でツインテールの女の子が手をふっている。

小芳――

マーメイとともに、蒲田のマッサージ店で働き、秋葉原では、メイドカフェにいた少女だ。車載カメラでその顔も撮影する。

ミニバンは戸田南で下りた。新大宮バイパスから中山道を東に取る。

蕨市の市街地から川口市に入った。

中国料理店や中国風のマッサージ店が目につくようになった。

屏風型の巨大なビル群が見えてきた。団地のようだ。

運動公園の脇を走り抜け、団地に入った。

ショッピングモールの前にある駐車場にミニバンは停まった。

二台おいて、矢島もランクルを停めた。

ミニバンからマーメイが降りてきた。上下とも黒のトップスとパンツ。デニムのベストを羽織り、足元は茶色いストラップシューズだ。

続けて小芳が出てきて、マーメイと手をつないで歩きだした。

ふたりの前には、運転していた日本人の男。

複数の男にはさまれるようにクルマから邦夫も出てきた。

ここは様子を見るしかない。

矢島は視線を送ってくるマーメイのあとについた。

案内板に芝園(しばぞの)団地とある。中国人が多いことで知られる団地だ。

ツバを吐くな、ゴミは分別しろ、と中国語で書かれた貼り紙があちこちに貼られている。

団地の入り口から、黒メガネをかけた丸顔の男が出てきて、六人に合流した。

シリコン丸にいたハッカーもどきの店員だ。

どんどん仲間が増えてくる。

このあたりでケリをつけるしかない。

歩みを早めた。邦夫の腕をつかんでいる男が、引きつったような顔で矢島をふりかえる。

「離してやれ」

中国語で呼びかけると、邦夫がこちらを見た。ぶたれた犬のような怯(おび)えた表情だ。

七人は立ち止まる気配がない。日本人の男が先頭に立って歩いてゆく。

巨大な十五階建ての団地が近づいてくる。

広場の中央に達したとき、あちこちから人が近づいてきた。

ラフな身なりの若い男女ばかりだ。何か口にしている。中国語だ。

矢島のまわりに人垣ができていた。

しつこく言い寄ってくる男の肩をつかんで、脇にどかした。するとべつの人間が割り込んできて、話しかけられる。

「教祖さまに会わせてくれよ」

無視して押しのける。また、ほかの男が立ちはだかる。

「そうだ、そうだ、会いたい。もう日本にいるんだろう？」

「知らん」

矢島は言いながら、男を避けて進んだ。

わけのわからない話ばかりだ。

あたりから、奇妙なアンサンブルが聞こえてくる。経文を唱えているようだ。

「天馬（ティエンマー）」

「天馬――」

みな、ハイになっている。目の焦点が合っていない。

前をゆく一団と距離が開いた。

駆け出そうとしたとき、ふたりの男が行く手を遮った。

矢島の顔めがけて拳が飛んできた。右手の男だ。

一歩退いて、かわした。男の膝に軽く蹴りを入れる。

あっけなく、男はその場にしゃがみ込んだ。

同時に左手の男の腹にジャブを繰り出す。

男は前屈みになり倒れ込んだ。それを女たちが支えた。

みな素人だ。それでも、臆せずに、つかみかかってくる。

ふりはらっても、次から次へと別の人間が現れる。

足払いをかけ、腕をひねって前に進む。

人は増えるばかりで、身動きが取れなくなった。

マーメイらが、邦夫を連れて団地の中に消えていく。

身を低くして、人垣のあいだに分け入った。

「消えた」

「どこだ」

後方で上がる声を無視して、団地の入り口に向かって駆けた。

中に踏み込む。エレベーターホールだ。人はいない。三基あるうち真ん中のエレベーターが上昇している。

上がりボタンを押すと右手のエレベーターが開いた。

真ん中のエレベーターが五階で止まったのを確認して、同じ階のボタンを押す。

五階に着いた。通廊の先を行く七人が見えた。
駆け出すと七人も同じように移動を早めた。一気に近づく。
いきなり目の前の部屋のドアが開いて、ひょろりとした男がつかみかかってきた。
胸元に十字架が光っている。……水天法一味だ。
両腕で首元をつかまれた。
瞬時に相手を引いた。バランスを失わせる。
よろめいた男の肋骨に膝蹴りを打ち込んだ。
突っ伏す男を尻目に走り出す。
長い通廊の先だ。七人がふっと消えた。
そこに向かって走り込む。建物はそこで屈曲して、なおも長い通廊が続いていた。
七人がその角に入って見えなくなった。
ダッシュする。階段ホールだ。
七人が折り重なるように下っている。
四階の踊り場まで一気に下った。三人の男が待ちかまえていた。
やはり胸元に十字架が光っていた。
真ん中の男がいきなり矢島の股ぐらに蹴りを入れてきた。

足でブロックし、右掌底を男の顎に打ち込んだ。

もんどり打って倒れ込む横から、別の男がうしろに回った。両腕で抱きかかえられてバックを取られた。

正面の男が、みぞおちにパンチを放ってきた。

息を止めてそれを耐える。

背後の男の睾丸を右手でつかんだ。

そのまま締め上げる。呻き声とともに崩れ落ちる男の頭に膝蹴りを食らわした。

ひるんで後退した正面の男の首に、手刀を叩き込む。

あっさりと伸びた三人をその場に残し、駆け下りる。

七人の気配は消えていた。

三階の踊り場に着いた。目の前にマーメイが立っていた。ミニバンを運転していた染谷が少し離れたところから見守っている。

矢島と目が合うと、マーメイは背を向けて歩き出した。

とりあえず、そのあとについた。

染谷が矢島の背後についた。

マーメイは通廊の壁を背にして、矢島をふりかえった。

「ここに住んでいる中国人って若いと思わない？」

マーメイが尋ねるともなく訊いてきた。矢島は真意を測りかねた。

「それを知らせるために、こんなところまで連れてきたのか？」

「それはあなたの想像。わたしは帰ってきただけよ」

団地は京浜(けいひん)東北線の蕨駅に隣接している。東京なら三十分。マーメイが勤めているマッサージ店がある横浜まで一時間足らずだ。

「ここがおまえたちの本拠地か」矢島は言った。「なるほど、610弁公室も手を出せない」

「そうね。中国共産党に従わない実力派の中国人が多いから」

中国政府の言いなりにはならない人間が多いということだ。

「表向き、コンピュータのソフトウェア技術者のような職業を装っているんだろう」

「よくわかるわね」

「たとえば、シリコン丸で売っていた遊戯王のゲームを作ったり」

「ああ……魏英(フェイイン)のこと？」

団地で合流してきたシリコン丸の店員の名前らしい。

マーメイが続ける。「そうね、彼なんかも、ここが気に入っているわ」

うしろからすっと影が動いた。気がついたとき、染谷がマーメイの前に立ちふさがっていた。

「もういいだろ」

染谷は低い声で言った。

「おまえに用はない」

いきなり、染谷は両手で矢島の肩を突いてきた。

簡単に押し込まれた。二メートル後退する。

矢島は両手を軽く掲げ半身になった。

染谷も同じ構えを取り、接近してきた。

ぎりぎりのところで静止する。

染谷はにやりと不敵な笑みを浮かべた。正面にスキができた。

間髪を入れず、矢島は右拳を上側に向け相手の肋骨に叩き込んだ。

手応えがあった。しかし微動だにしなかった。

普通なら、いまの一振りで悶絶するはずだが……。

試みに矢島も上体の力を抜き、両手をわずかに広げた。

染谷の右肩が下がった。同時にストレートフックが矢島のみぞおちに突き刺さった。瞬間息が止まった。

「染谷、やめなさい」

マーメイから声がかかり、染谷は両手を開いた。

もういいだろうというジェスチャーを取りながら、引き下がった。

「おまえ専属のボディーガードか？」

前に出てきたマーメイに矢島は訊いた。

「ときどき勝手なことをするのよ。気にしないで」

「訊いておきたかったことがある」矢島は言った。「研究所からインフルエンザウイルスを盗んで、どうするつもりだった？」

盗まれたインフルエンザウイルスの正式名称はＨ５Ｎ１ｋ６。強毒性で、いったん世界的に流行して蔓延すれば、ひと月で人類が死滅してしまうとんでもない代物だ。もともとは、アメリカ政府の依頼で日本人科学者が作成に成功したのだ。

「想像に任せるしかないわね」

「中南海にばらまくつもりだったんだろう」

中南海は北京にある中国共産党の中枢地区だ。

マーメイの顔がパッと明るくなった。「それもいい考えだわ。上に伝えておく」

この期に及んでも答えをはぐらかすマーメイに苛ついた。

H5N1k6さえ持っていれば、中国政府との取引材料にはなるだろう。囚われの身になっている仲間の解放や布教活動の合法化、そして中国の民主化に大幅な譲歩を引き出せるのだ。

「まだ欲しいのか?」

矢島は問いかけた。

「インフルエンザウイルスを? どうしてそう思うのかしら」

態度を変えたマーメイが意外に思えた。

「いらないのなら、邦夫は不要だろ。返せ」

「返したら、あなたが警察に突き出すわけ?」マーメイは馬鹿にしたような顔で続ける。

「そんなことできるかしら」

「それをいま、ここで話し合うつもりはない」

邦夫とは、高校時代、中国残留孤児の二世や三世がひきいる暴走族グループの怒羅権で悪の道を突っ走り、生死をともにした間柄だ。矢島はとっくに足を洗ったが、邦夫はいまだに悪の世界に染まっている。だが、放ってはおけない。

「ゆうべ、610に捕まったとき、何を訊かれた?」

矢島は訊いた。

マーメイは怪訝そうな表情を見せた。「……あなた見ていたんじゃないの？」

「おれが工場に着く前だ。連中、容赦しなかっただろう？」

「そんなところまでご心配には及ばないけど」マーメイは顔を赤らめ、胸元に手をやった。

「ウイルスの在処を訊かれただけよ」

「ほんとうにそうなのか？」

マーメイの顔が一瞬曇った。

——天馬
——天馬
広場から大勢の人間の叫び声が上がっている。

マーメイはそれにつられるように、手を壁に乗せた。「特効薬が必要なの」

うまく聞きとれず、訊き返した。

「H5N1k6の特効薬。少なくとも二百人分」

矢島は耳を疑った。

罹患している患者に対する特効薬？

答えに窮した。「そんなもの、あるかどうかわからん」

マーメイは意外そうな顔でふりかえった。

「アメリカと仲がいいあなたが吐くセリフではないわ」

「……特効薬があるとしたら、どこで誰を助ける気だ?」

「そんなこと、教えるつもりはないわ」

患者はどこにいるのか。思い当たるのはひとつしかない。

「海南島にいる水天法の同志がインフルエンザにかかったんだな?」

矢島が言うとマーメイは困惑した表情を見せた。

邪教集団として中国政府から徹底的に弾圧されている水天法の信者は、発展から取り残された農民などの不満分子だ。百万人まで膨れ上がった信者は、中国全土に散らばっている。原子力潜水艦の基地がある海南島に近い広州(こうしゅう)にも多くいるのだ。

「亜(ヤー)2のせいよ」

とマーメイは奇妙な数字を口にした。

「亜2? 何のことだ?」

マーメイは取り繕うように、

「どうするの? 特効薬を寄こすの? 寄こさないの? ほら」

マーメイは背中を見せて、壁の下を指さした。

横に並んで下を見た。

五十人ほどだろうか。広場に停まっているミニバンのまわりを取り囲んでいる。

先ほどの中国人たちのようだ。

マーメイが手をふると、いっせいにこちらをふりかえり、シュプレヒコールを上げる。

天馬、天馬――

ミニバンの後部座席のドアが開いて、外側に身をさらけ出している男がいた。

邦夫だ。

「彼が助かるかどうかも、あなた次第よ」

階段を下りて、マーメイは団地から出た。人をかき分けるように停まっているミニバンに乗り込んだ。後部座席が閉まり、ゆっくりと走り去って行くのを見送るしかなかった。

自分たちの根城を見せつけるために、団地に誘ったのか。

これだけのバックがあるのだぞと、脅すために。

いや……ひょっとして、この自分を水天法に引き入れるために……。

おそらく、そっちだろう。

3

矢島はランクルに戻り、都心に向かった。空一面を厚い雲が覆っている。行き交う人やクルマは、普段通りだ。ただし、昨日発令されたJ－Ａｌｅｒｔはいまだに解除されていない。

カーナビのモニターにテレビ番組を表示させる。すべてのテレビ局が昨日、津軽海峡に着底した中国原子力潜水艦について報道していた。海上は封鎖されているらしく陸地からの映像だ。中年のアナウンサーと白髪の軍事評論家が海を背にして立っている。風が強い。白波が立っている。

〈…………北海道福島町の吉岡から中継しております。ご覧いただけますでしょうか。ご覧の通り、海上はオホーツク低気圧が南下してきている影響で、風雨が強まり、波が高くなっております。この沖合十キロの地点に、中国原子力潜水艦が沈んでいると思われますが、官邸はつい先ほど、中国政府は海軍の通常の訓練中に、技術的な問題が発生して、昨夜の二十時前後、津軽海峡に原子力潜水艦が着底した、とのコメントを発表しました。原子力潜水艦の型は408号と呼ばれておりまして、この図のように核弾頭搭載の弾道ミサイルが装備されていると聞いています。西沢（にしざわ）さん、こちらは事実ですか？〉

アナウンサーが隠し撮りされた408号の写真をかざした。

通常の潜水艦は、スマートな筒の形をしているが、408号は艦橋（セイル）部分のうしろに、長いこぶのような張り出しがある。西沢と呼ばれる軍事評論家はその部分を指し、

〈もちろん、事実です。ここには、核弾頭が搭載できる射程八千キロメートルに及ぶ弾道ミサイルが十二基装備されています〉

〈潜水艦の大きさはどの程度になりますか？〉

〈排水量は八千トン、全長百四十メートル弱、幅十一メートルという巨大な潜水艦ですね。原子炉は二基搭載されています。ロシアのビクター級原潜のほぼコピーですね〉

〈408号に間違いないのですか？〉

〈間違いありません。この張り出した部分に弾道ミサイルが収められているのですが、たくさんの穴が開いてますよね？〉

〈かなり、あります〉

〈航行時には、この穴のせいでかなりの騒音を発生しますから、日本側もすぐに特定できたわけです〉

〈それにしましても、西沢さん、まさか津軽海峡に中国の原子力潜水艦が沈むという事態は日本政府も、まったく予期していなかったのではありませんか？〉

〈その通りです〉

〈原潜の沈んでいる場所が公海に当たるということですが、これはどういうことでしょうか？〉

〈アメリカの戦略原子力潜水艦は、ロシアや中国に対する核抑止のため、必ず津軽海峡を通過します。通常、日本が定めている公海は12カイリ、二十二キロですが、これを津軽海峡に当てはめますと、海峡全域が領海となってしまい、核兵器を乗せた艦船が日本の領海を通過するという事態になります〉

〈核持ち込み禁止をうたった日本の国是（こくぜ）、非核三原則に抵触するわけですね？〉

〈仰（おっしゃ）る通りです。日本政府は米軍の核搭載艦船による核持ち込みを政治問題化させないために、津軽海峡の領海幅を3カイリ、約五・六キロにとどめておくと宣言して、公海部分を意図的に残してきたという経緯があるんですよ〉

〈しかし、公海ということになりますと、潜水艦を含めて中国の軍艦も自由に通行できるんじゃありませんか？〉

〈もちろん、自由に通行できます。ただし通行する場合、潜水艦は必ず浮上して、自国の

旗を立てて速やかに通過しなければなりません〉
〈なるほど……これまで、中国の原子力潜水艦が通過した事例はありますか？〉
西沢は苦笑した。〈一度もありません。それを阻止するために、日米の厳重な探知網が整備されているのですから〉
〈かりに中国の原潜が津軽海峡を航行した場合、アメリカとしてもかなり憂慮する事態が引き起こされるとのことですが、いかがですか？〉
〈もちろんです。津軽海峡を自由に通行することができれば、簡単にオホーツク海に侵入することができます。そこからは、アメリカのワシントンが弾道ミサイルの射程内に収まるわけですからね〉
アナウンサーはしきりにうなずいた。〈なるほど、それで在日米軍も総力を挙げて、これを阻止しているわけですね〉
〈そういうことになります〉
アナウンサーはカメラにふりむいた。〈首相官邸ならびに防衛省は在日アメリカ軍と連絡を取り合い、万全の備えをとっています。以上現場からお伝えしました〉
海上を埋め尽くすように、びっしりと艦船が浮かんでいる。海上自衛隊とアメリカ海軍の艦艇だ。おびただしい数のヘリコプターが飛び交い、上空には対潜哨戒機が旋回している。

根岸麻里に、芝園団地や過去に発生した原子力潜水艦の事故についても調べるように伝える。

通信機のスイッチを入れて、警察無線にチャンネルを合わせた。

特別な取り締まりは行われていないようだ。

様子を探るため、警察庁の宮木雅夫に電話を入れた。

宮木はすぐ出た。肩書きは警察庁長官官房審議官。矢島の重要な顧客だ。

「何か用か？」

ぶっきらぼうに訊かれた。

「銚子の工場で捕まえた連中はどうなった？」

「それどころじゃない。用がなければ切るぞ」

「切ってもいいが、こっちにとってはまだ現在進行形なんだ」

「インフルエンザウイルスなら、もう取り戻したじゃないか。いまさら何なんだ？」

三日前、一億円の報酬で、インフルエンザウイルスの奪還を警察庁から依頼された。それは成功し、持ち主であるアメリカ大使館の元に届けた。その時点で警察庁との契約は解除されている。

「花岡邦夫が誘拐されて、いま追跡中だ」

「花岡……ウイルス強奪犯の一味の？」

「うむ。水天法に拉致された。６１０部隊のほうはどうなっている？」

「わからん。工場ではひとりも捕まらなかった」

あれだけ大勢いたにもかかわらず、ひとりも検挙しなかった？

まったく信じられない。

「水天法一味の写真を撮った。送るから調べておいてくれ」

言いながら、スマホを使い、宮木あてのメールアドレスに送信した。

「やってみるが、期待するなよ」

「あんたはいま、首相官邸にいるのか？」

「そんなところだ。中国の原潜で手一杯だ。切るぞ」

「その原潜の乗組員が……」

矢島が訊こうとした矢先に、あっさり切られた。

原潜の中で何が起きているのか……。

そこにも問題が隠されているはずだ。

首都高の西池袋出口で下りた。まだ昼前だ。

池袋駅北口の歓楽街の一画にランクルを停めて、歩いた。

近づくにつれて、目つきの鋭いスーツ姿の男たちが目につくようになった。

『延吉（えんきつ）』の看板が出ているビルの地階に下り立った。

薄汚れたコックの服を着た男が、のんびりと客席でテレビを見ながら、タバコをくゆらせていた。関峰（グァンフォン）。中国解放軍の元少尉。天安門（てんあんもん）事件を契機に、中国の国家体制に疑問を抱いて日本に渡ってきた。いまは中国の民主化を支援している。

中国残留孤児二世の矢島にとって、唯一無二の親友だ。

ふりむいた関峰は、奇妙な顔で矢島を見つめた。

「どうした？」関峰は言った。「幽霊を見てきたような顔をして」

「見てきた」

「よせやい」

関峰は厨房に入って、冷蔵庫の中からラム肉をとりだし、テーブルに置いた。ガスコンロに火をつける。

「まだ昼飯には早いが、きょうはいいタラが入ってるぞ」

言うそばから、野菜を刻みはじめる。

テレビの下にある冷蔵庫から缶ビールをとりだして、半分ほど流し込んだ。

「邦夫がまたいなくなった」

矢島が言ったものの、関峰は興味がなさそうだった。

邦夫はこの近くにある雑居ビルで、表向きは貿易商を営んでいるが、裏では中国系マフィアと結託して犯罪に手を染めていることを関峰は知っているのだ。

「ロン」関峰は言った。「あんな男とはつきあわないほうがいい」

「おれだってできればそうしたいね」

「怒羅権の血が引き寄せるか」

運ばれてきたラム肉入りの冷麺をすすった。ピリッとした辛さが舌に伝わった。

食べながら、矢島は昨日からきょうにかけての経緯（いきさつ）を関峰に話した。

「邦夫がふたりも殺したのか」関峰は湯気の立ったフライパンを玉杓子（たまじゃくし）で叩きながら言った。「死んで当然だ」

「４０８号について、池袋の中国人の反応はどうだ？」

「津軽海峡に沈んだ中国の原子力潜水艦のことか？」

「沈んではいない。海底に着底しているだけだ」

「ここの中国人は軍事演習をしているくらいにしか思っていないぞ」

矢島は関峰の前にスマホを差し出し、インフルエンザウイルスで倒れた軍人を担架で運び出す映像を見せた。十日ほど前、中国の海南島の三亜(さんあ)ホテルで撮られたものだ。昨日、邦夫から送られてきた映像だ。

セーラー服を着た軍人が担架に横たわり、士官の服を着た軍人が付き添いながら、救急隊員によりロビーから連れ出される模様が写っている。

映像を見つめる関峰が口を開いた。「……これは海軍の軍人だな。海南島の三亜ホテル……横浜でおまえを襲った男が泊まっていたホテルじゃなかったか？」

「そうだ。三亜ホテルの近くには、津軽海峡に着底している408号の母港がある。担架に乗せられている軍人はインフルエンザに罹(かか)っている。しかも、盗まれたインフルエンザと同じ種類の可能性が高い」

関峰は驚いた様子で矢島を見つめた。

「例の強毒性の？」

矢島はうなずいた。「ここに写っている士官は、408号に乗り込んでいるかもしれない」

「こいつも、インフルエンザに罹っているって？　……ひょっとして、津軽海峡に沈んでいる潜水艦の乗組員たちも、同じように強毒性のインフルエンザに罹っているのか？」

「その可能性は否定できない。亜(ヤー)2というのは聞いたことないか？　水天法のマーメイが言っていたのだが……」

関峰はしばらく考えてから口を開いた。「マーメイが言ったとしたら……中国海軍の部隊名かな」

ようやく、矢島は思い当たった。「亜2の亜は……亜龍(ヤーロン)湾の亜としたら……」

「そうだ」関峰は言った。「津軽海峡に沈んでいる中国原子力潜水艦の母港がある湾だ」

亜龍湾は中国海軍の南海艦隊が拠点にしている海南島に面している。

艦隊そのものは、海南島の楡林(ユィリン)海軍基地が母港だが、原子力潜水艦の部隊は、その近くにある亜龍湾の地下基地を母港としているはずである。

であるなら、亜2は原子力潜水艦の所属している部隊名である可能性が高い。

その亜2に何かが起きている……？

「それにしても、水天法の連中がどうして特効薬なんかを欲しがるんだ？」

関峰に訊かれた。

「海南島に近い広州あたりでも、同じ型のインフルエンザが流行(はや)りだしているらしい」

関峰の眉根に深い縦じわが寄った。「広州なら水天法のお膝元だ。そのインフルエンザに罹った信者が出ているんだろう。背に腹は代えられないか」

「普通のインフルエンザじゃない。えらく毒性が強いやつだ」

「……でも特効薬なんてあるのか？」

「あったとしても、数は少ないだろう」

人間の手で作られたばかりのウイルスだ。そもそも、特効薬があるのかどうかすら疑わしい。

「そうなると」関峰は深刻げな顔で続ける。「表にいる連中もそれを狙っているかもしれんぞ」

やはり外にいた不審な男たちは中国政府の関係者のようだ。

考えられるのは610部隊しかない。

610弁公室は中国本土のみならず、海外にいる邪教集団も目の敵にしている。万が一、インフルエンザウイルスが水天法の手に渡った場合、それをテロ攻撃の材料にすると恐れているのだ。

胃のあたりがうずくのを感じた。今度はインフルエンザウイルスではなく、その特効薬の奪い合いに発展するのではないか……。

矢島は芝園団地にいる中国人について訊いてみた。

「若い中国人には一番人気の団地だ」

関峰は言った。

「そうらしいな」

「家賃が安いから、とりあえずは芝園団地に住んで一生懸命稼いで、金を貯める。それから高級マンションに移っていくっていうのが来日する中国人の抱く夢だけどな」

「中国で叶わない夢を果たすわけか。さしずめ、八〇后(バーリィンホウ)？」

一九八〇年代以降に中国で生まれた世代だ。一人っ子政策をもろに受けている。たったひとりの子どもで、親たちの愛情を一身に受けて育ったがゆえに、わがままで利己的とされている。高学歴で小皇帝(シャオホアンディ)などと揶揄(やゆ)されているが、いまでは働き盛りの年代だ。

「それもあるが、蟻(あり)のほうだよ」

大学を卒業してから就職先がなく貧困にあえぐ八〇后も多い。

低収入である彼らは、蟻族(イーズー)などとも呼ばれているのだ。ネット関係はめっぽう強いのだが。

「蟻族か……水天法には八〇后も加わっているわけだな」

「日本在住の水天法のほとんどは、八〇后かもしれんぞ」

それはあり得るだろう。中国本土に居づらくなって日本にやって来たのだ。

スケソウダラの中華旨煮(うまに)を運んできた関峰に、スマホを使い、先ほど車載カメラで撮影した写真を見せた。小芳（シィアオファン）が写っているところで、関峰はスワイプを止めさせた。じっと覗き込んでいる。

「この子……うちの女房と宇春（ユィチゥン）が見てたな」

宇春は七歳になる関峰の娘だ。

「何を」

関峰はスマホをつついた。「ブログだよ。たしか、これと似ていた子が写っていたけどな」

矢島はおやっと思った。「ブログの名前は？」

「冒険何とか……日本冒険だったか」

矢島はスマホで検索してみた。日本語では見当たらず、中国語で検索すると動画入りの顔写真が表示された。赤い頰をした丸顔の少女が、蕎麦（そば）の入った丼をかかげている。

――小芳だ。

上海（シャンハイ）出身で日本中を旅していると自己紹介している。年齢の記載はない。

上位でヒットしたところを見るとかなりの人気ブログらしい。関峰の妻子も見ているくらいだ。

ずらりと並んだサムネイルには、富士山や京都に行ったときの動画をはじめとして、百円ショップの模様を写したものまである。

一通り見てみたが、水天法らしい人間が写っているものはない。

とりあえず麻里にブログのURLを送り、調べておくように命じた。

中華旨煮を平らげながら、厨房に入った関峰に声をかける。「そういえば川口の団地で、水天法の信者たちから妙な話を聞いた」

「どんな?」

「教主が来日しているとか、そんなものだったが」

「そりゃ、教主だって中国より日本のほうが居心地がいいだろう」

「現地の信者をほったらかしてか。無責任な話だ」

「当局から命を狙われているんだろ。向こうの新興宗教なんて、みんな似たようなものだ。キリスト教系だけで一億人を突破しているんだからな」

「そんなに?」

「経済は発展しても貧富の差は広がるばかりだ。普通の人々は漠然と将来に不安を抱いている。心のよりどころを求めて、そっちに走るんだ。怪しげな教義を作って農民を洗脳する宗教もあるけどな。信徒になれば厳しい教義が課せられるらしいぞ」

「どんなふうに?」

「ネットを使って巧妙に仕掛ける。その裏には暴力やセックス、それから金がはびこっている。幹部たちはお互いをコードネームで呼び合って、身分を明かさない。ある宗教なんてキリストの再来を名乗る女を頂点にして、教区を分け合っている。政府側からしたらすべてが弾圧対象だよ。中国共産党は宗教がかったものに弱いからな」

中国の歴史においては、共産党政権下に限らず、太平天国の乱や義和団事件のように、王朝の歴史の変わり目には、必ず宗教色を帯びた秘密結社が台頭している。共産党が新興宗教を恐れるのは本能かもしれない。

「水天法の教義はどうだ？」

「あまり悪い話は聞かない。新興宗教の中じゃ、まともなんじゃないか」

「教主は？」

「それはわからんが、日本人という噂もある」

「日本人？」

「真偽のほどは定かじゃないがな」

「関峰、おまえの人民解放軍のツテを動員できるか？」

「どうする気だ？」

「さっき言った亜2という部隊名。それから、三亜ホテルで起きたインフルエンザ騒動。

それから、水天法についても詳しく知りたい」

関峰は残念そうにうなずいた。「ロン、まだ警察の委託を受けて動いているのか？」

「いや」

このままでは邦夫の命が危うい。

「乗りかかった船ってわけか？」

「それもある」

「水天法はおまえをとことん利用するかもしれんぞ」

「どうしてそんなことがわかる？」

「中国人のやり方はわかっているだろう。おまえは芝園団地へ連れて行かれたんだ。少しずつ手の内を見せて、最後は引っ張り込むつもりだ」

「だとしたらどうする」

「連中は何かを隠している」関峰は真顔で言った。「とてつもないことが起きそうだ」

そうかもしれない。

しかし、黙って見過ごすわけにはいかない。

関峰は続ける。「今度ばかりは命の保証はないぞ」

「いつものことだ」

言うと矢島は席を立った。

関峰の声を背中で聞き流して、店をあとにする。

階段を上るとパチスロ店の中から送られてくる視線に気づいた。斜め前だ。

きちっと背広を着こなしているが、日本人ではない。610の連中だ。

やり場のない不安感がこみ上げてくる。

矢島はいったんその前を通りすぎるふりをして、男がいる店の中に飛び込んだ。

あわてて、そこを立ち去ろうとする男の背中をつかんだ。

こちらにふりむかせた。四十前後。険しい相が出ている。

「用事があるなら、聞いてやる」

中国語で問いかけると、男はぱっと青ざめた。

「いつから張り込んでいるんだ?」

「勘違いだ……」

男が中国語で答えたとき、ぱたぱたと靴音がした。

知らぬ間に背広姿の五人に前後をはさまれた。

答えた男の胸ぐらをつかんだまま、前にいるふたりめがけて投げつける。バランスを失った男を受け止めると、三人とも床に倒れた。

うしろから近づいてくる気配を感じて、その場で回転した。

飛び込んできた男の胸に右拳を叩き込む。思いきりパチスロ台に当たり、ガラスが粉々にくだけた。

ゆっくりとその場から離れる。

パチスロ台の狭い通路を出口に向かった。台の途切れたところで、右手から男が飛びかかってきた。

身を低くして腰に乗せ、通路に放り投げる。

もうひとり、挑みかかっていた男の横っ面をはたいた。

膝から崩れ落ちる。

出口の前で残ったふたりが身を硬くして見守っている。

「この場所で二度と張り込むな」

きつく言い渡す。

混乱する男たちをその場に残して、パチスロ店を出た。

駐車場まで急ぎ足で戻った。

追うべきは、水天法だけではない。津軽海峡に潜んでいる原子力潜水艦について、たしかな情報がいる。

4

市ヶ谷の防衛省に着いた。正午になっていた。

ゲートを通り、庁舎A棟の地下駐車場にクルマを停める。佐官クラスの男がやって来た。細身だが、しなやかそうな体つきだ。須山防衛部長と名乗った。陸海空それぞれの自衛隊の統括を担当しているという。

警備業務を通じて、矢島は日頃から自衛隊の幹部たちと親しくつきあっている。だから、それなりの対応をしてくれるのだ。

地下一階の小会議室に通される。地下三階のオペレーションルームには入れないようだ。そのことについて矢島が触れると、須山は恐縮した顔で、

「園田がくれぐれもよろしくということでした」

園田統合幕僚長だ。いまごろ躍起になって指揮をとっているのだろう。

矢島は津軽海峡に着底している中国の原子力潜水艦について訊いた。

「408号ですか。ただちに離れるよう、大使館を通じて中国側に要請しているのですがね」

「もう間もなく、着底してから十七時間になる。先方は、いまだに技術的な要因で着底していると言っているらしい。実際はどうなっている？」

「訓練の過程で何らかのトラブルが起きたというのは事実のようです」

どこをもって、事実というのだろう？

「原子炉はどうなっている？」

「関知できる音から推測して、緊急停止（スクラム）している模様です」

「原子炉が稼働していないとすれば、艦内の電源供給は？」

「蓄電池により、電源供給は三十六時間可能と思われます」

残すところ、二十時間弱だろうか。

「乗組員の数は？」

「およそ百二十人と見ています。士官は十五名ほど。それから政治委員もひとり」

弾道ミサイルを積んでいる原潜だから、党の人間も乗り込んでいるのだ。

須山は続ける。「弾道ミサイル要員は二十人から三十人、それ以外の者は通常の潜水艦の業務についているはずです」

「中はどんな感じになってる？」

「巨大な原子炉をはじめとして、蒸気タービンや発電機などの膨大な機器類が入っていますし、高さ十三メートルに及ぶ巨大な弾道ミサイルが十二基搭載されています。魚雷にしても二十発ありますし……食堂兼用の娯楽室が唯一のパブリックスペースのはずですよ」

「乗組員は、辛いな」

「機械のあいだにある三段ベッドで横になるだけです。原子力潜水艦に限ったことではありませんが」

「艦内の空気はあるのか？」

「原子炉が動いているあいだは、空気、水、電力すべてがふんだんに使えます。原潜の場合、食事もそれなりに良いものが出ますし、照明も夜は赤色灯を使って昼夜の区別をしています」

しかしいま、原子炉は止まっている……。

「408号は中国側と連絡を取り合っていないようだが」

須山はうなずいた。「曳航式の超低周波アンテナも出していないし、フローティングアンテナを海上に浮かべてもいない。連絡はしていません」

海中にいる潜水艦は、簡単に無線交信ができないのだ。

「それならいつまでも、あの場所にとどまっていられないんじゃないのか？」

原子炉を動かさなくては、乗員の命が危ういはずだ。

「領海に入れば、自衛隊が強制的に退去させられますが、いかんせん公海です。威嚇(いかく)もままなりません」

「潜水艦は隠密行動が原則のはずだと思うが」矢島は言った。「いったん、見つかって居座るという理屈は通じないんじゃないのか？」

「仰る通りです。日米安保条約でも、執拗(しつよう)に徘徊(はいかい)を継続する場合に限って、武力を用いるという原則になっていますから」

「徘徊しないで止まっているからいいと？」

「そうは言っていません。ただ、わたくしどもが経験したことのない、はじめての事態です。うかつには手を出せない」

「408号の艦長は張志丹(チャンチィダン)ってやつだと聞いている。優秀な軍人らしいが、彼についての情報はあるか？」

中央軍事委員の候補に上がるような軍人なのだ。園田統合幕僚長がかつて、日中合同軍事演習のときに会っているはずだ。日本の自衛隊の幹部にも知己がいるはずだが。

「まったく、入ってきておりません」

歯切れの悪い受け答えが続く。矢島は質問の向きを変えた。

「津軽海峡は浅くて、潮流も強いと聞いているけど、よく、着底できたものだな」

「連中は詳しい海図を持っていますから」

と須山は意外なことを口にした。

「スパイ行為をして手に入れた？」

「いえ。中国海軍は十四年前のちょうどいまごろ、堂々と津軽海峡に入って調査しています」

「十四年も前に？」

須山は重たげにうなずいた。「中国の情報収集艦の『海氷（ハイビン）』が津軽海峡を一往復半しました。このとき、海底の地形調査をしたはずです」

日米防衛当局により潜水艦の探知網も、知っただろう。

「公海上を航行していたから、日本は手を出せなかったわけか？」

「そうです。同艦はこのあと太平洋に出て犬吠埼（いぬぼうさき）沖合を往復し、海底の地形調査や首都圏の自衛隊や米軍基地の通信情報を収集しました。このとき、日本政府が中国に対して抗議したのは、それからひと月後です」

「……舐（な）められたものだ」

その問いかけに須山は答えなかった。

矢島は続ける。「四、五年前にも中国艦隊が津軽海峡を通過したと聞いているが、それは？」

「はい、通過しました。ミサイル駆逐艦とミサイル・フリゲート艦が二隻、それから洋上補給艦一隻の合計四隻。日本海から津軽海峡を通り抜けて太平洋側に出ました。このとき も、日本政府は領海侵犯ではないという立場をとっていますよ」

他人事のような口ぶりがもどかしい。

「今回は軍事演習だと中国側が言っている。それをおたくらはまた素直に信じるのかね？」

須山はしばらく考えてから口を開いた。「ここ数年、中国海軍がロシア海軍の太平洋艦隊とともに、ウラジオストック沖の日本海や北太平洋で合同軍事演習を続けていますからね。去年の七月には、ひと月のあいだに三回も」

「今回もその軍事演習に中国の原子力潜水艦が参加して、それが津軽海峡に迷い込んだと？」

「そう見ています」

とてもそうは思えない。

「世界中の核兵器の半分は、原子力潜水艦が搭載しているというのは事実か？」

「よくご存じで。地上にある大陸間弾道弾はお互いがすべて把握していますから。神出鬼没の潜水艦が搭載している核兵器が、事実上の核抑止力になっているわけです。ことに、中国においては、この先、どうあがいてもアメリカの海軍力に追いつけません。ただし、核弾頭つきの弾道ミサイルを搭載した原子力潜水艦があれば、互角かそれ以上に戦える。中国政府にとって、原子力潜水艦は国家の最高位に位置する兵器です」

「その原潜が津軽海峡に着底している……これ以上深刻な事態はない」

須山は矢島の目線を外した。「仰る通りです」

「それにしても、中国政府が言う『訓練の途中で不具合が生じた』という言葉は素直に信じられない。たとえば、Ｋ１２９事件はどう思う？」

須山はおやという顔で矢島を見やった。「ソビエトの原潜事故？　よくご存じですね」

来る途中、麻里から過去の大規模な原潜事故について報告を受けていたのだ。

「一九六八年の二月、核弾頭つきの弾道ミサイルを搭載したソビエトの原子力潜水艦がカムチャツカ半島の基地を出港したのち、作戦海域を大きくはずれてハワイ近海で消息不明になった……そうだな？」

「冷戦のさなかでしょう。アメリカは喉から手が出るほどソビエトの原潜が欲しかった。必死になって探した末、六年後、ハワイ沖で船体を見つけたんです」

「捜索に六年……」

「いったん沈んでしまった潜水艦を見つけるのは容易なことではありませんよ。それに、見つかった船体には大きな問題があった。爆発していたんです」

「爆発？　艦全体が？」

それは聞いていない。

「いえ、ミサイルの発射管だけが」

「……よくわからないが、どういうことだ？」

「原潜の核ミサイルの管理は非常にシビアなんです。正式な手順を踏まずに発射ボタンを押してしまうと、自動的に発射管に仕掛けられた爆弾が破裂して、ミサイルが破壊される仕組みになっています」

「それで、船ごと沈んだわけか……しかし、どうして発射ボタンが押されたんだ？」

「永遠の謎ですよ。乗組員が関係していたのは事実でしょうが。ただし、そのとき核ミサイルが発射されていたら、いまごろこうして私とあなたは話していなかったかもしれません」

全面核戦争が起きて、世界は破滅していたと言いたいのだろう。

「今回のケースはどうなんだ？」

須山は愁眉（しゅうび）を開いたように笑みを浮かべた。「まったくわかりません。ちなみに、矢島さん、原子力潜水艦の場合、一般乗組員は行き先を知らされていると思いますか？」

　須山の言った意味がつかめなかった。

「核兵器を搭載している原子力潜水艦は、先ほど申し上げたように世界の命運を握っています」須山が続ける。「幹部はもちろん、操船する操舵員ですら、自分がいまいる地点について知らされていない。知っているのは、艦長以下ほんの数人ですよ。ましてや、核兵器の発射ボタンを押すなど……あり得ません」

「では、乗組員が誤って操船した結果、いまの場所にたどり着いたと？」

「それがもっとも合理的な解釈ですね」

「奇妙だな」矢島は言った。「三日前、日本海に浮上した４０８号のミサイルハッチはすべて全開になっていたはずだが」

　ＣＩＡ日本支局長のイザベラから、上空でグローバルホーク（RQ－4）が撮ったその映像を見せられたのだ。

「……そうだったですね」

「ミサイルハッチを開けるということは、ミサイル発射ボタンに限りなく手がかかっている状態ではないのかな？」

「仰る通りです。アメリカにしても、大統領命令がない限りハッチは開かない。ただし例外はあります」

「訓練?」

須山は納得顔でうなずいた。「日本海で一時浮上したとき、中国艦隊の本部と無線交信を交わしていますし」

「訓練の一環として?」

「平電(ひらでん)で、たった一言、原子力潜水艦側から発せられています」

暗号をかけていない無線交信だ。

「何と?」

「『クリーニャはまだ、開かない』——それだけです」

「クリーニャ?」

「北極海の氷が薄い部分を指すロシア語です。ご存じのように米ソ冷戦当時、北極海が原子力潜水艦の戦いの舞台でした。北極点の氷を突き破って浮上するという不毛なレースを競い合っていたのです」

「待ってくれ」矢島は言った。「いまは冬じゃない。日本海で氷が厚くて浮上できないというのは通じない」

「ですから、意味不明です」須山が言った。「よろしければ、このへんで」

矢島は言われるままに会議室を出る。

別れる間際、「亜2(ヤー)」と矢島は口にしてみた。

すると須山の眉が、ぴくりと動いた。「よくご存じで」

「大方はわかっている。海南島を母港にする408号の原隊だな?」

須山はうなずいた。

「隊で何が起こっている?」

須山は眉をひそめた。「ここだけの話ということでお願いできますか?」

「もちろん」

須山は小声で続ける。「どうも、基地から三名の脱走兵が出たようです……」

「亜2から脱走?」

「基地から離れた高速道路の料金所で、警察に見つかって撃ち合いになったあげくに、三人とも射殺されたと聞いています。ニュースでも流れていたと思いますが……」

言い過ぎたとばかり、須山は軽く敬礼して去って行った。

地下駐車場に停めてあるランクルに戻った。

麻里が先回りして待機していた。

後部座席に乗り込み、ひと息ついた。

ランクルがゆっくりと発進する。防衛省の正門を出た。

「お疲れ様です。ロン、いつものドリンクを忘れてしまって。これで」

手渡されたスポーツドリンクのキャップをひねり、半分ほどひと息に飲んだ。

「原子力潜水艦について、もっと調べますか?」

麻里が訊いてくる。

「いや、それはもういい」

「小芳（シィアオファン）についてはこれから調べます」

「頼む。芝園団地はどうだ?」

「三千世帯のうち、六百が中国人世帯です。日本人のほとんどは高齢者。1DKが多くて交通の便がいいわりに家賃が安いので、若い中国人に人気です。優秀な中国人が多くて、ほとんどが、都内のソフトウェア関係の会社に勤めています」

ソフトウェア技術者は恒常的に不足している。雇い先も多いのだろう。

「入国管理局に住まいの届け出はきちんとされているか?」

「どうでしょう。中国人ですから。自治会には入らないし、高層階からも平気でごみを投げ捨てたりするような人たちです。中国系企業がまとめて寮として借り上げている部屋も多いみたいですし」

中国大使館も手を焼いているだろう。

水天法の人間が住むには、もってこいの場所だ。

だが情報が足りない。残すところはひとつ。

ＣＩＡのイザベルと会って話を聞くしかないだろう。

「どちらへ行きますか？」

「広尾ステーツ」

「了解」

麻里は外堀通りを南に進む道をとった。

「チームを呼びますか？」

矢島専属のＳＡＴ（警視庁特殊急襲部隊）だ。呼べばすぐに駆けつけてくれる。

しかしまだその時期ではないだろう。その旨返事をする。

四谷駅を過ぎて、四谷中学校前の交差点に入った。対向車線から黒いセダンがＵターンして、ランクルのうしろに張りついた。運転手の顔は見えない。

右に行くべきところを、左に進路をとらせた。スピードを上げるよう麻里に指示する。

追い越し車線に入った。

セダンは同じようにスピードを上げて、ついてくる。

カーチェイスに不慣れな麻里に無理はさせられない。

「スピードを落として、左のレーンに」

いつになく緊張した面持ちで麻里はハンドルを操る。

「そうそう、ゆっくり」

右に走るセダンと併走する。

後部座席に座って、じっとこちらを窺っているのは、中国大使館の蔡克昌（ツァイクオチャン）だった。

――やはり、６１０。

ここまで矢島を追い回す理由はひとつしかない。

潜水艦を含めて、中国政府側もまだ事態を把握しきっていないのだ。

下り坂になってきた。紀之国坂（きのくにざか）の赤坂（あかさか）トンネルが近づいてくる。

いやな感じがした。

そう思った瞬間、麻里はアクセルを一段踏み込んだ。エンジンが吠（ほ）える。シートに背中が張りつくようにのけぞった。前方を走るクルマの群れが近づいてくる。

ぶつかると思ったそのとき、進行方向を無理やり変えた。

追い越し車線にあったクルマ一台分の間隙（かんげき）に滑り込ませる。

ほっとしたのも束（つか）の間（ま）、麻里は絶え間なく車線を変更し、連続してクルマを追い越す。

そのたび、タイヤの摩擦音が伝わってくる。

トンネルを出たころ、ランクルのあとにセダンはいなかった。

「いきなりは、ちょっと心臓に悪いな」

矢島が吐いた言葉は麻里の耳に届いていなかった。バックミラー越しに見える額にうっすらと汗が浮かんでいる。

「やっぱりチームを呼んでくれ」

矢島は言った。

「承知しました」

一ノ橋(いちのはし)ジャンクションから広尾に抜けた。

イザベラの携帯に電話を入れる。

茶褐色のホテルが近づいてきた。

日の丸と星条旗が置かれた入り口を通り越し、屈強そうなガードマンが見張る入り口から地下駐車場に飛び込んだ。

5

午後一時。広尾グランヒル、別名広尾ステーツの一階ロビーは、華やかな雰囲気に包まれていた。開業三十周年を祝うイベントが行われているようだ。玄関のクルマ回しには日本風の露店が並び、着物姿の曲芸師たちが傘回しや獅子舞を踊っている。

それでもホテルの中に入ると、昨日にも増して、軍服姿が目立った。都心にありながら、アメリカ軍関係者しか入れない特別な宿泊施設だ。麻里はランクルで待機している。

ニューヨーク・デリ〝シャイン〟の片隅に、栗色の長い髪の女が座っていた。CIA日本支局長のイザベルだ。今朝と同じストライプスーツを着ている。

目の前に生ハムとドライフルーツ入りサンドウィッチが手つかずのまま置かれていた。目の下のクマは深く、疲労が濃いようだ。

「寝ていないようだな」

席に着きながら矢島は口を開いた。

「我が国の存亡がかかっているのよ」

生粋（きっすい）のクイーンズイングリッシュだ。

文字通り掛け値なしの危機とイザベルは受け取っている。

アメリカの首脳たちも同じだろう。

無理もなかった。

核弾道ミサイルを搭載した中国の原子力潜水艦は，アメリカにとって最大の脅威だ。それがいま、津軽海峡に着底しているのだ。

中国の原子力潜水艦が太平洋に出るためには、南太平洋を迂回(うかい)する航路しかない。しかし、津軽海峡を通過するルートができれば、あっさりとベーリング海へ侵入できる。それはワシントンが中国の潜水艦弾道ミサイルの射程に入ることを意味する。つまり、二十四時間ほど前から、アメリカはまったく新しいパワーゲームを中国側から強いられているのだ。しかも、事態は日本で発生しているため、攻撃も容易ではない。

「三十六時間以内に408号を津軽海峡から追い出せ」イザベラは言った。「大統領にそう言われているのよ」

「どうやって?」

公海上に着底している中国の潜水艦を攻撃すれば、中国に宣戦布告したと同じになる。第三次世界大戦の引き金を引くのと同じだ。

イザベラは困惑気味に首を横にふった。「在日アメリカ軍司令官も頭を痛めているわ」

「時間がない。外交ルートで解決するしかないと思うが」

「それができれば苦労しないわ」

「日本政府は何も言ってこないのか？」

イザベラは呆れたような顔で矢島に見入った。

「この国が？　敵がいたとしても、実弾を使えないのよ」

自衛隊の艦船が中国側の戦闘員を殺害した場合、自衛隊の艦長は殺人犯として処罰されるのだ。

「時と場合によると思うが……」矢島は言った。「現実問題に目を向けよう。着底している潜水艦についてだ。どうしてあの場所から動かない？」

「いろいろ理由があると思うわ」

「たとえばどんな？　まさかほんとうに、操船ミスであんなところに着底しているなんて思っていないよな？」

イザベラはコップの水で口を湿らせて、

「その可能性はないと思う。考えられるのは度胸試し」

とつぶやいた。

「どっちの？」

「……もちろん、われわれに対する」

日本とアメリカだ。

領土拡大を目指す中国は、日本とのみならず、南シナ海でもベトナムやフィリピンと激しい領海争いをしている。危機感を抱いたアメリカは、アジア回帰の姿勢を鮮明に打ち出し、軍事力を中東からアジアにシフトしている。

アメリカはどこまで中国に対抗する気なのか。

中国はそのアメリカの本気度を探っているのだ。

「408号の原隊で脱走兵が出たそうだが、エージェントは何か言っているか？」

「脱走？　聞いていないわ」イザベラが言った。「水天法一味がまだ動いているそうね？」

宮木から連絡が入っているようだ。

中国の海南島近くにいる水天法一味が、H5N1k6のインフルエンザに集団で感染しているらしいこと。そして、花岡邦夫が捕らえられ、そのインフルエンザウイルスの特効薬と交換すると脅されていることを話した。

「彼なら、万一の事態になっても仕方ないわね」

イザベラも邦夫が610に寝返ったのを知っている。殺されても当然だと思っているのだ。

「イザベラ」矢島は言った。「おれはそう思ってはいない」

「彼はふたりも人を殺しているのに？」

「ワルであるのはわかっているが、自分にはかけがえのない友人だ。黙って見過ごすわけにはいかない」

イザベラは呆れたような顔で矢島を見やった。「彼を取り返す算段はあるの？」

「算段があるとしたらイザベラ、あんたが握っている」

「わたしが？　どういうことかしら」

「ずばり言わせてもらう。H5N1k6の特効薬だ。持っているのなら、渡してほしい」

イザベラは驚いて身を引いた。「わたしが特効薬を持っている？　どうして、そう思うのかしら」

矢島は身を乗り出した。「これ以上腹の探り合いはしたくない。H5N1k6はアメリカが自国の軍隊用として日本人研究者に作らせた細菌兵器だ。ウイルスと同時に特効薬とワクチンを作っていなければ理に合わない。どうなんだ？　あるのか、ないのか」

イザベラは所在なげにコーヒーカップにスプーンを入れてかき混ぜた。「あなたにはかなわないわね」

矢島はイザベラの言葉を待った。

「……まだ試作品の段階だけど、五百人分ほどの特効薬があると聞いているわ」

矢島はすこしばかり安堵した。「どこにある?」

「ウサミが持っているはずよ」

ウサミ……宇佐見、インフルエンザウイルスを作成した田上研究室をマネジメントしている武蔵医科大学の理事だ。このホテルに泊まっているはずだ。

矢島は訊いた。「服用の仕方は?」

「錠剤になっているはずよ。試しで作らせたから、一錠あたりの単価は一万円をくだらない」

「この際、金はいいだろう」矢島は言った。「それを二百人分ほど、分けてくれないか?」

イザベラの目付きが厳しくなった。

「それは無理」

「どうして?」

邦夫はともかく、水天法一味の命にしても、ものの数ではないと言いたいのか。

「宇佐見が肌身離さず持っている。われわれが頼んでも渡さないはずよ。ましてや、水天法なんかに」

「説得するしかない」

「聞いてロン」イザベラは改まった口調で切り出した。「きょうの昼前、中国の海南島に潜入したうちの工作員が、水天法の人間と接触したの」

聞き捨てならない言葉だ。

ＣＩＡのエージェントが、水天法側と接触したとは。しかも中国で。

「水天法の信者がやはり、インフルエンザに罹っているのか？」

「そのようね」

「ひょっとして、４０８号の乗組員の中にも、インフルエンザに罹っている者がいる？」

「その可能性は否定できないわね」

「それでＣＩＡのエージェントが、水天法の連中に特効薬を寄こせと言われたのか？」

イザベラは何も言わず、ポケットからスマホを取り出し、一枚の写真を表示させた。紺碧の海に浮かぶ円形の白い砂浜だ。

「スプラトリーよ」

イザベラは言った。

南シナ海の中央に位置する南沙諸島。珊瑚礁と小さな島が散らばる中、膨大な石油とガス資源が眠っているため、中国がベトナムやフィリピンと領有権を争っている紛争地帯だ。

よく見ると、砂浜の横に大型の浚渫船らしきものが停泊している。

「ここには珊瑚礁があっただけなのに、今年の二月、中国が勝手に埋め立てたの」イザベラは言った。「ゆくゆくは飛行場を作るつもりよ」

飛行場……つまり空軍基地を作る。南沙諸島の制空権を握る腹づもりだろう。

しかし、それが何の関係があるのか。

「津軽海峡に着底している中国の原子力潜水艦が再び動き出したら、必ずベーリング海に入る。そうなったら、搭載している核ミサイルでワシントンを射程に収める。それを許したくなかったら」イザベラはスマホに表示されている写真を指で叩いた。「ここにトマホークを撃ち込めというのよ。もちろん、通常弾頭だけど」

「水天法がそう言ったのか?」

イザベラは悔しげな顔でうなずいた。「……さもなければ、特効薬を寄こせとね」

特効薬を渡すだけならともかく、中国側が実効支配している地域にミサイルを撃ち込む? それは中国とアメリカが戦端を開くに等しい。

水天法は中国政府が置かれている非常事態を利用して、自分たちに有利な方向に持っていこうとする腹づもりなのだ。アメリカを巻き込む形で。そんな脅しなど通らないことを承知の上でだ。理解に苦しむ。

……いや、連中は本気で中国とアメリカが戦争をはじめるのを望んでいるのかもしれない。

「それに応じるつもりか？」

矢島が訊くとイザベラはきっぱりとした顔で、

「そんなつもりは毛頭ないわ」

と言い切った。

「……だろうな」

「とにかく、我が国としては今後いっさい、水天法とは関わりを持たないと意思統一されたの。そういうことなのよ、ロン……悪いけど」

特効薬を渡すつもりもないし、ましてや中国と戦争をはじめる気などさらさらない。アメリカはそう決めたのだ。

そのとき、ロビーからけたたましい男の叫び声が聞こえた。

「そいつだ、捕まえてくれっ」

イザベラがふりかえる。

反射的に矢島は席を離れ、ロビーに出た。奥手から目の覚めるような鮮やかな緑色の着物姿の男が走ってきた。屈強そうな黒人のガードマンがそれを追いかけ、それに続いて、

ワイシャツ姿の男が髪を振り乱すように、

「そいつ、捕まえてくれ」

と喚いていた。

何事が起きているのか、瞬時に判断できなかった。

頭巾をかぶり、着物を着た男が滑るように横切っていく。

その懐に小さな頭が見えた。着物の中に、子どもを抱きかかえているようだった。ガードマンが真うしろを走っている。フロントの手前で追いつくと、着物の首根っこをつかんで、かろうじて引き留めた。

その瞬間、着物を着た男が宙を舞うように、後ろ蹴りを食らわした。

こめかみに当たる鈍い音がして、ガードマンはそのまま横向きに倒れ込んだ。

着物を着た男が体勢を整えて、ふたたび玄関に向かって走って行く。

矢島はそのあとについて走った。

自動扉の手前で追いついた。着物の裾をつかんで引くと、男は足を突っ張らせるように無理やり先に進もうとした。なおも引っ張ると、男はいったん子どもを床に置いた。こちらをふりむきながら、右手刀を上から打ち込んできた。

矢島は男の首に右手を差し入れた。男は不意に体の力を抜き、床にしゃがみ込んだ。矢島の腹を両手でつかんで、ぐいと押してきた。

矢島はそのままの姿勢で後退を余儀なくされた。

三歩連続して後ろ向きに歩かされた。

矢島は男の右脇に頭を入れた。男の腕をつかむ。左手を男の横腹にあてがい、そのまま右方向に押し上げた。

「痛え（トン）」

男の体が斜めになり、力を失った。後頭部に手刀を叩き込む。

男が倒れ込むのを見ながら、矢島は前方を窺った。

オレンジ色の服に身を包んだ曲芸師が、子どもを抱きかかえて自動ドアから外に出ていこうとしていた。子どもの長い髪が見えた。

矢島も一足飛びでそこに向かった。

自動ドアをくぐり外に出る。

目の前の道路に白のミニバンが滑り込んできた。開いたサイドドアに、曲芸師が子どもとともに走り込もうとした。

その服に手が届くところまで、あと一歩だった。

差しだした手が空をつかんだ。

曲芸師が後部座席に横向きざまに倒れ込んでいく。その腕の中にいる子どもがこちらをふりむいた。恐怖で顔が青ざめていた。幼い少女だ。

ドアが開いたまま、ミニバンは急発進した。サイドドアが勢いよく閉まる。

明治（めいじ）通りを猛スピードで東へ向かって走って行く。

足音がしてふりかえると、緑の着物を着た男が玄関から転がるように出てきた。黒人のガードマンがそのあとを追いかけて、道路を走って行った。

そのあと、髪を振り乱しワイシャツ姿の男が息を切らせながら出てきた。

「若菜（わかな）、若菜……」

薄く顎ヒゲを生やしている。四十前後か。酸素が足りなくなったように、肩で激しく息をしていた。紅潮して、救いを求めるような顔を矢島に向けた。

「若菜はどっちへ？」

言いながら男は左右を見た。子どもの姿がどこにもないのを見て取ると、その場でがっくりと膝をついた。サンダル履きだ。よくよく顔を見ると見覚えのある顔……。

「宇佐見さんか？」

男は何度もうなずいた。

インフルエンザウイルスの特効薬を持っている武蔵医科大学の理事だ。

「いまの女の子はあんたの子どもか？」

こっくりとうなずきながら、宇佐見は立ち上がり、矢島の胸元をつかんだ。「どっちへ行ったんですか？」

立ち去った方角を指すと、宇佐見は手を離して、「ああ、何なんだよぉ」と呻くように言った。

矢島は男の両肩をつかんで揺すった。「宇佐見さん、しっかりしてくれ。若菜ちゃんはどうして連れて行かれたんだ？」

「……だから連中が部屋に押し入ってきて」

「押し入ってきてどうした？」

「特効薬を寄こせって、いきなり言われて……」

「渡さなかったのか？」

「渡せるわけがないだろ。きっぱり断った。この世にふたつとないんだ。そしたら、いきなり若菜を抱き上げて……」

「薬の身代わりにされたのか？」

「かもしれん」

宇佐見はその場で頭を抱えるようにひざまずいた。

開業三十周年を祝うイベントに紛れ込んでいた人間が連れ去ったのだ。男は中国語を話していた。あの身のこなしからして、水天法の一味に違いない。

「薬はどこにある？」

「クローゼットの中に……ああ」

目の前にランクルが急停止して、運転席から麻里が降りてきた。「ガードマンたちが大あわてで駐車場から出て行きました。何かあったんですか？」

答えている暇はなかった。目の前にいる男を指す。「あとはその人から話を聞いてくれ。おれの身分を明かしてもいい」

そう言い残すと、矢島はランクルに飛び乗って、アクセルを踏み込んだ。

まだ間に合うだろうか。……いや、何とかしなければ。

白のミニバンの走り去った三田方向へ進路を取った。

前方右手に天現寺のインターチェンジが近づいてくる。首都高速道路には乗らなかったはずだ。どうして乗らない？　逃げおおせる自信があるのか。

道はゆるやかに左カーブになった。オフィスビルが続く。

このあたりだ。

細い路地を左にハンドルを切った。最高速度二十キロ規制の細い坂道に入った。

左右に赤坂の高級マンションが立ち並んでいる。坂を登り切ったあたりだ。

停まっていたミニバンが発進するのが見えた。

あれか？　どうしてまだ、あんなところにいる？

アクセルを押さえつけた。猛スピードでそこに向かう。

マンションのずっと向こうにミニバンが見えた。

また停止している。

扇動する腹か。子どもを拉致(らち)したあげくに何の真似だ。

意図が読めてくる。マーメイとつぶやいた。

理事の子どもを誘拐してまで、インフルエンザの特効薬が欲しいのか。

苛立たしさを抑えて、スピードを殺す。

三百メートル後方に着くと、ミニバンは動き出した。すぐ右手に消える。

その角まで走り込んで追従する。

赤坂の高級住宅街を六十キロほどで走り回るミニバンのあとを着いて走った。

スピードを加減してみる。ナンバーを読ませないために、二百メートル以下までは近づかせない。

下り坂に入った。先にある信号が赤になった。それを無視してミニバンは走り込んでいく。

けたたましいクラクションとともに、ミニバンが交差点を渡りきった。

矢島もホーンを鳴らし続け、赤信号の交差点に突っ込んでいった。

有栖川宮記念公園入り口の信号だ。

右手から来るクルマをかわし、ふたたび坂道を上る。坂の頂上でミニバンは左折した。

もう、遊んでいる時間はない。

目一杯アクセルを踏み込んだ。角を曲がる。みるみるミニバンが近づいてくる。

百メートル前方に走っているミニバンのテールを注視する。

ナンバーを読み取る前に、ミニバンは速度を上げた。

そのまま公園を一回りするように坂を下って外苑西通りの交差点を左に取った。徐々にスピードを上げる。

赤坂近辺を走ったのは時間稼ぎのようだ。

明治通りに戻った。天現寺入口から首都高速に入る。

矢島はスピードを上げた。ミニバンが一気に近づいてくる。

ナンバーを読み取った。スピードを落とさないまま、古川橋付近の急カーブを曲がりきる。

警察無線のスイッチを入れる。

〈こちら、矢島、いるか？〉

しばらく雑音が入ったあと、交信が入った。

〈……こちらマツバ。現状、お願いします〉

矢島専属のＳＡＴだ。

〈たったいま天現寺入口から首都高二号線に入った。まもなく一ノ橋ジャンクション〉

〈了解〉

〈先ほどの広尾ステーツでのことは聞いているか？〉

〈おおむね。宇佐見俊夫(としお)の娘が水天法に誘拐されたみたいですね〉

〈そうだ。彼女が乗っているクルマは前方三百メートルにいる〉

矢島はナンバーも伝えた。

〈了解。Ｎシステムでも追尾します〉

〈頼む。父親に事情を聞いてくれ〉

〈了解。こちらは飯倉(いいくら)入口から入ります〉

無線を切る。

はっとした。一ノ橋ジャンクションが目の前に来ていた。

急制動をかけて、単車線のカーブを曲がりきる。

都心環状線との合流地点に差しかかった。

合流直後の二車線。

ランクルの左手後方から、黒い塊がみるみる近づいてきたかと思うと、猛烈なスピードで追い越していった。ダッジ・ラムだ。

イザベラもやはり黙って見てはいない。この黒いダッジ・ラムには、ＣＩＡ要員が乗っているはずだ。

水天法一味が乗る白のミニバンもすぐに気づいた。尻に火がついたように、一段とスピードを加速した。

……イザベラは何をする気か。

あのミニバンには、女の子が乗っているのだ。下手に手出しをすれば、女の子の命が危うい。

ダッジ・ラムは、みるみるミニバンに近づいたかと思うと、ぴったりと真後ろに張り付いた。

矢島もランクルのスピードを上げた。

前方の二台は固まるようにして首都高羽田線に続く急カーブに入っていく。

ミニバンはレインボーブリッジに入った。ダッジ・ラムも様子見をしている。

いや、威嚇していると言うべきだろう。

矢島のランクルも二台とともに、レインボーブリッジを渡りきった。ミニバンはどこへ向かうというのか。台場インターチェンジを出た。

海沿いを道なりに進み、突き当たりの交差点を左折した。

橋を渡り、有明に入った。すぐ右折して鉄鋼埠頭に入った。

ガントリークレーンがずらりと並んだ埠頭の前をミニバンとダッジ・ラムは走っている。

窓を開けた。鼻に潮と油の混ざった臭いが差し込んでくる。

左右に巨大な倉庫の連なる道路に入った。前後を走る他のクルマがなくなったときだ。

ダッジ・ラムが不意にスピードを上げてミニバンを追い越し、前方に着いた。

それをかわすように、ミニバンは左手に切り込んだ。

前方から来たトラックが、衝突を避けるために速度を落とした。

その目の前を横切って、左手にある巨大な倉庫の入り口に入っていく。

ダッジ・ラムもその場でＵターンして続いた。

矢島もあわててハンドルを切った。前から走ってくるクルマを避けて、倉庫の入り口に突っ込んだ。雨よけの屋根の下を走り抜ける。

ミニバンとダッジ・ラムが勢いをつけたまま倉庫の本体に入った。

それに続いて、矢島も倉庫に入った。薄暗い。

作業員たちが、前方を走る二台を避けるために右往左往している。

巨大サイズの段ボール箱が積まれた通路をダッジ・ラムが加速する。ミニバンの後部に追突する寸前まで近づいた。十字路に差しかかる。

二台の前方だ。右手から新たなクルマが走り込んできた。小型トラックだ。

小型トラックはミニバンをやり過ごすと、ダッジ・ラムの鼻先に触れた。

ダッジ・ラムが思いきりハンドルを左に切った。小型トラックはその反対方向へ、曲がった。

衝突は免(まぬか)れた。

矢島の運転するランクルの目前に、セダンが走り込んできて、そのままストップした。

急ブレーキを踏む。

ダッジ・ラムが勢いをつけたまま、大きな段ボール箱が積まれた中に突っ込んでいった。

そのまま、段ボール箱の中にはまり込んだ。

段ボール箱を押しつぶし、ようやく止まった。

すぐさま、クルーカットのCＩＡ要員たちがダッジ・ラムを降りて姿を見せた。

反撃を食らったせいで、どの顔にも恐怖と怒りがにじみ出ている。そのうちのひとりがミニバンに向かってＭＰ５を構えた。やめろ、と叫んだが遅かった。容赦なく連射した。花火のはじけるような爆発音が響いた。

——撃て（カイチィアン）

——殺せ（シァ）

あちこちから中国語の怒鳴り声が上がる。

ミニバンのサイドドアが開いた。屈強そうな若い男が降り立った。染谷だ。手に持った黒光りのする拳銃をＣＩＡ要員たちに向けた。そのまま、八連射する。たった五秒ほどのあいだだ。かなりの使い手だ。

銃弾はＣＩＡ要員たちの肩や頭すれすれに着弾した。皆あわてて、床に伏せる。

小型トラックから、ぱらぱらと人が降りてきて、拳銃を撃ちはじめた。

銃弾をやり過ごすＣＩＡ要員たちを見ながら、矢島もランクルを降りた。

ホルスターからベレッタを抜いて、スライドを引く。

中国語で喚く男の肩口に一発撃ち込んだ。

倒れた。

たたた、と駆けてくる音がした。

染谷が目前まで迫っていた。憤怒(ふんぬ)を帯びた顔で手にした拳銃を矢島に向ける。

火が噴いたその瞬間、かろうじて矢島は身を翻(ひるがえ)した。小型トラックの後方に倒れ込む。

拳銃を前に掲げたまま、這(は)いつくばって染谷を待ち構えた。

銃撃はなかった。

その場で回転し、撃たれたラインに戻った。

染谷の姿はなかった。

ゆっくりと立ち上がり、まわりを見た。

巨大な段ボール箱の一部が裂けて、中身が床に落ちていた。箱にイノセントと書かれている。箱の写真と絵柄に見覚えがあった。秋葉原で見た中国市場向けのゲーム機だ。

撃ち合う音がひどくなっていた。ＣＩＡ要員たちが反撃をはじめていた。容赦なかった。

さすがに、中国人たちも引かざるを得ない。

小型トラックに乗り込むとバックのまま、後退していく。

そのリアに向かって、自動小銃が掃射された。火花が激しく散った。

音がしてふりむく。しまったと思った。

穴だらけになったミニバンのスライドドアが閉まり、走り出した。

若菜は大丈夫だったのか？

運転しているのは、あの屈強な日本人だった。

マーメイはいないようだ。

猛スピードで倉庫の出口に向かって走り去っていく。

それにようやく気づいたＣＩＡ要員たちが、ダッジ・ラムに乗り込んだ。エンジンが、かからないようだ。

三十秒ほどかかってようやく、バックで動き出した。ハンドルを切り返して、ミニバンの去った方角へ走り出した。

それにしても、ここまでやるものだろうか。致死性の高いインフルエンザに罹った自分たちの仲間を救うために、なりふりかまわず賭けに打って出るとは。

目的を果たすためには手段を選ばない。宗教組織ならではか。

武蔵医科大学で作成されたインフルエンザウイルスの原型は、鳥と人とブタがひとつところで生活している中国から輸入されたものだ。だからといって、いま現在、中国で流行っているインフルエンザに対して、実際に特効薬が効くかどうかはわからないのだ。

サイレンが鳴り響いた。白のスカイラインＧＴＲが滑り込んできて目の前に停まった。

松堂（まつどう）警部補ことマツバが降りてきた。

「大丈夫でしたか？」

「この通り」

　矢島はベレッタをホルスターにしまった。

「逃走したミニバンをとりあえず追跡しています」マッバは言った。「いったい何事ですか？」

　マッバは呆れるような顔で、箱が散乱するあたりを見回した。

「見ての通りだ」

　と矢島は銃弾で穴のあいた段ボール箱を指した。

「宇佐見の娘は？」

　矢島は連れ去られたときの状況を話した。

「水天法の連中が加勢に駆けつけたわけか」マッバが言った。「しかし、早いですね」

　矢島は転がっていたゲーム機の箱を取り上げた。「駆けつけたわけではない。これを見ろ」

「……イノセント」マッバは矢島の顔を見た。「秋葉原のシリコン丸で売っていたゲーム機ですね？」

「そうだ」

　中国名で遊戯王。

矢島はあらためて倉庫の中を眺めた。巨大な段ボール箱がぎっしりと詰まっていた。この中に入っているものがゲーム機とするなら、途方もない数だ。

マツバは段ボール箱を調べて、そのうちのひとつに付いていた送付状を見せた。

送り先は上海港になっている。

日本国内で作ったゲーム機を中国向けに輸出するために、この倉庫を使っていると思われた。

「荷主はこいつらかな」

マツバは段ボール箱の側面に描かれたゴシック体の文字を指した。

ＳＤＡ。

ほとんどの段ボール箱にその文字が入っていた。

「とにかく、宇佐見の娘を救出するのが先決だ」矢島は言った。「できるだけのことはする。応援頼むぞ」

「心得ました」マツバが言った。「誘拐事案ならお任せください。何としてでも、若菜を取り戻します」

「生きたままでだ」

「もちろんですって」

そのときスマホが鳴った。イザベラからだった。「そっちはどうかしら？」

開いた口がふさがらない。直前まで、自分が采配するエージェントを動かして白昼堂々、市街戦を繰り広げさせた張本人なのだ。

「お宅の部下は手荒い」

「訓練されてるから条件反射よ」

「時と場所を選んでもらいたいものだ。若菜は見つかったのか？」

「だめ。見失ったみたい。やっぱり水天法の仕業？」

「それしか考えられない」

「でしょうね。わたしもそう思う」

「イザベラ、用がないなら切るぞ」

「待って。予期できない事態よ」イザベラの声が低まった。「宇佐見がいなくなったの」

「いなくなった？　ホテルから？」

アメリカの保護を受けるために、広尾ステーツに泊まり込んでいたのではなかったか。

「十五分ほど前に。ホテルの部屋はもぬけの殻」

「もう広尾ステーツにいる理由もないのじゃないか？」

インフルエンザウイルスは取り戻したのだ。

「それはあるかもしれないけれど、特効薬もなくなっているのよ」

矢島は耳を疑った。

「どういうことだ？」

「特効薬は彼の部屋に置いてあったの。ほかの誰にも渡さないと言って。もちろんわたしたちにも」

「知っている。特効薬を持ち出したのか？」

「そう。由々しき事態よ」

「しかし、どうして？」

娘を取り戻すために、宇佐見はたったひとりで水天法と交渉でもする気か？

「わからない。彼のところに直接、電話か何かが入ったのかもしれないし」

うまいことを言われて、特効薬を持ち出した？

どうだろうか。

親だからあり得るかもしれないが。

「門外不出の特効薬なのよ」イザベラが言った。「取り戻して」

「娘はどうする気だ？」

「それはそれ。日本の警察が頼りになるわ」

「だったら頼めよ。おれはもう知らん」

「一から説明している時間はないの。お願いだから聞いて」

「……特効薬の量は五百人分と言っていたが、ぜんぶ持って行かれたのか？」

「もちろん。ひとつ残らず」

「箱に入っているんだな？」

「ごく小さな段ボール箱ひとつよ。中身だけバッグに入れて持ち出したのかもしれない。

とにかく大至急お願いしたいの。手段と方法は問わないから」

「おたくの要員がやればすむ話じゃないか」

「あなたに頼んだほうが確実なの」

買いかぶられたものだ。

「イザベラ、どうしてそんなに急ぐ？」

持ち出されたものはしょせん薬だ。

そもそも、そんな大事なものを個人が保管していていいものか。

「ウイルスの成分表と製法が書かれたメモが入っていると思うの」

「たしかか？」

「なかったら、彼がどこかに隠しているかもしれない」

そういうことか。だから、イザベラとしても、下手に彼を刺激して特効薬を取り上げることができなかったのだ。

むしろ特効薬そのものより、メモのほうが大事だろう。水天法はそれに気づいて、娘の命と引き替えに直接、宇佐見に取引を持ちかけてきたのだろう。

もはや、花岡邦夫には人質として価値がないと悟ったのかもしれない。

「わかった。そっちに戻る」

「ありがとう。助かるわ」

電話を切ると、マツバに事情を話した。

「宇佐見は唯一無二のものを持っているから、強気に出たんですね」

とマツバは言った。

「かもしれないが、とにかく宇佐見俊夫の行方を追ってほしい」

「了解しました。この四日間、警察は彼のデータを徹底的に集めました。関係先に当たればすぐにわかるはずです」

「居所がわかったらすぐに教えてくれ」

矢島はそう言い残すとランクルに戻り、広尾ステーツを目指した。午後二時を回っていた。

ランクルを運転しながら、カーナビのモニターをテレビに切り替えた。どのチャンネルも津軽海峡に展開している艦船を映し出していた。民間のヘリコプターの飛行は禁止されているらしく、いずれも地上から遠目にとらえた映像である。それでも、おびただしい数の艦船が白い波頭を立てて行き交っているのがはっきりと見える。風が強いようだ。

6

〈……青森港からお伝えします。中国の原子力潜水艦が着底してから、まもなく十八時間以上が過ぎようとしています。防衛省によりますと潜水艦からの応答は依然として入ってきていないということです。ご覧いただいているように、アメリカ海軍第七艦隊の主力級艦船や海上自衛隊のヘリ空母ほか、二十隻以上の艦船が周辺海域を埋め尽くして警戒にあたっています。空に飛行しているのは三沢基地を飛び立ったアメリカ軍戦闘機や航空自衛隊の哨戒機と思われます。つい先ほど、フェリーや漁船など民間の船に対しまして航行禁止令が出ました。また、ヘリコプターをはじめとする民間航空機も同様に飛行禁止令が発令されました。現在海上に残っているのは米海軍と海上自衛隊の艦船のみとなっています

……〉

宮木に電話を入れた。宮木はすぐ出た。

有明埠頭で起きた市街戦には触れず、うるさそうな口ぶりで、何の用事なのかと訊いてきた。特効薬についても関心はなさそうだった。ひとつだけ気になることがある。

「シリコン丸の男がまた現れた。あれは誰だ?」

矢島は訊いた。

「ああ、あいつか」宮木は把握しているようだ。「いま、自衛隊に照会している」

「自衛隊に?」

「わかったら知らせる。切るぞ」

「潜水艦で忙しいか?」

「日中が戦端を開くかどうかの瀬戸際なんだ。誘拐ごときに関わっている暇はない」

ぷつりと通話は切れた。

しばらくして、スマホが鳴った。マツバからだった。

「宇佐見俊夫の居場所がわかりました。神谷町(かみやちょう)です。スウェーデン大使館のすぐ南のマンションに」

「どこだそれは？」

「宇佐見の内縁の妻が住んでいるマンションです。ケンが先回りしています」

俊夫の細君はすでになくなっている。ほかの女とつきあっていてもおかしくはない。

「そこに本人がいるのか？」

「距離的に近いし、ほかに隠れるとこはないはずです」

「わかった。住所を送ってくれ。すぐ行く」

「それから、申し訳ない。倉庫から逃走したミニバンは見失ったそうです」

交通規則を無視して走るような連中だ。普通に追いかけても取り逃がすのは目に見えている。

「了解」

スマホを切った。しばらくしてメールが着信した。

メールに書かれた住所をカーナビにセットする。

十分足らずで着いた。住宅街の狭い路地の奥手に三階建ての瀟洒（しょうしゃ）なマンションがある。

その手前で、ＢＭＷＲ１２００が停まっていた。矢島をみとめると、ドライバーがヘルメットを脱いだ。ＳＡＴのケンこと田代健太（たしろけんた）巡査部長だ。

そのうしろにつけて、矢島はランクルから降りた。

「マンションの二階の２０３号室です」

ケンが指したところを見たが、ケヤキの葉が生い茂って窓が見えなかった。

高級そうなマンションだ。

「ここの女はネット関係で雑貨を扱っている会社の社長ですよ」

ケンが言った。

「いま女も一緒にいる？」

「いえ、いまは宇佐見ひとりです。確認してきました」

取引がはじまるまで、ここで待機するつもりだろうか。

行って直接宇佐見と掛け合うしかないだろう。

もっとも、娘の安全のみで頭がいっぱいだろうが。

矢島は、宇佐見と話してみるとケンに伝えて、クルマを離れた。

そのとき脇を通りかかる黒いセダンがあった。後部座席のドアが開いて、でっぷりした顔が覗いた。細長いメガネが光った。ぞくりとした。

中国大使館政治部の公使参事官、蔡克昌（ツァイクオチャン）ではないか。

矢島が確認したとわかるとセダンは先に行ったところにある路地を左に曲がった。

まずかったと矢島は思った。

中国側はずっと広尾ステーツを張り込み、そしてこの自分を追跡していたのだ。埠頭の倉庫で起きた出来事も把握しているかもしれない。

矢島はセダンの消えた角を曲がった。

先に行ったところにある駐車場の中だ。停まっているセダンがあった。

矢島が近づくと運転手が降りて軽く会釈してきた。

矢島は蔡が乗っている後部座席に入った。

「あなた方もしつこいな」

矢島は開口一番言った。

「それはいかがなものですかね。仕事にしつこいも何もありませんよ」

「いったい、何をしに来たんだ？」

「矢島さん、それはこちらが聞きたい。あなたこそ、こんなところで何をしているのですか？」

わかっているくせにと思ったが口にはしなかった。

「ちょっとトラブルがあって」

「見る限り、そう大した用事とは思えませんが」

「どう受け取られようと自由だ」

「我々が望んでいるものとあなたが狙っているものは、同じであるはずですよ」

「あなたは何を望んでいるんだ?」

蔡はにやりと笑った。「おわかりのはずだ」

「……ひょっとして薬?」

そう矢島が窺うと、蔡は大仰に首を縦に振った。「ほかにありませんな。例のインフルエンザに効く特効薬。できれば製法も知りたい」

やはりわれわれと同程度の情報は持っているようだ。

「何のために必要なんだ?」

「われわれ公人の勤めですよ。自国民がひどい病気にかかってるんです。何とかしなければいけないでしょう」

「どこの自国民が?」

蔡は口元をゆがめた。「ですから、中国国内のある場所であのインフルエンザが猛威を振るっている。何としてでもこれを食い止めなくてはならない。そのためには、あなたの力がいる」

「わたくしごときにできることではない」

「矢島さん」蔡は身を乗り出した。「あなたに頼む以外にない。特効薬と製法に関わる情報を合わせて一億円でいかがですか？」

真剣なまなざしで言われて、当惑を隠せなかった。

ひょっとして、蔡は本当のことを話しているのかもしれなかった。

もしそうならば、金の問題ではない。一刻も早く、中国に特効薬を届けるべきだった。

水天法がよぎった。

中国政府と邪教集団扱いされている宗教団体。

どちらもインフルエンザの特効薬を必要としているようだ。

「その金も人民解放軍の軍費から出るのか？」

蔡はむっとした表情で、

「どこからでもよい」

と答えた。

「中国人民の八億は医療保険がない。結核やエイズで死んでゆく人民が何千万といる」矢島は事実を告げた。「都市には数億人単位で失業者があふれ、毎年一千万回以上の反政府デモを中国共産党は鎮圧している。それなのに軍事費だけは毎年十パーセントの勢いで増えている」

「あなた、何を言いたい？」

蔡は早口の中国語で言った。

「亜2……津軽海峡に着底している原潜の部隊名だな？」

否定するかと思ったが、蔡は深刻そうな顔でうなずいた。

「海南島で脱走兵が三人出たと聞いている。事実か？」

「兵員の管理には厳正を期していますが、どうも最近の八〇后は、忍耐という言葉を知らない」

否定しないところを見ると事実のようだ。

矢島は訊いた。

「一人っ子世代が軍隊に入っているのは周知の事実だ。原潜の乗組員にも当然、八〇后がいるんだろうな」

「もちろんおりますよ。揃いも揃ってネット好きで困ったものです。兵舎にタブレットPCを持ち込んで、オンラインカジノにのめり込んでいたんですよ。月給だけでは足りなくなって、借金を繰り返してね」

「人民解放軍でもそんなことがあるのかね」

「恥ずかしながら。その兵士の上司が気づいて、厳しく説教したんです。それで我慢できなくなって脱走。生き残ったひとりが言うには、銀行強盗をやって、仕返ししようと企んでいたそうですから。いやはや――」

そこまで内情を暴露していいのか。

原子力潜水艦の乗組員は、シビアな状況で戦うことを余儀なくされるため、特に優秀な者が選抜されるはずなのだ。しかし現実問題として、そのような体たらくならば、中国海軍の劣化は予想以上かもしれない。

蔡は続ける。「それはともかく、特効薬はくれぐれもお願いしますよ。いいですね?」

矢島は一呼吸置いて続けた。「請け負うとしても、その理由を聞きたいものだな」

口を閉ざした蔡に向かって矢島は言い放つ。「408号の乗組員は、全員インフルエンザに罹って操船不能に陥り、津軽海峡に着底した……」

蔡の額にうっすらと汗が浮かんだ。反論する様子は見せなかった。

「彼らのために特効薬が欲しいんだな?」

矢島は続ける。

「用途について答える義務はない」蔡はいかめしい顔で答えた。「あなたはどんな仕事でも金次第で請け負うと聞いている。特効薬を寄こせば一億円払う。契約に不満か?」

「不満はない」

「ならばさっさと持ってきてくれ」

蔡は吐き捨てるように言うと、運転手を呼んだ。

矢島はクルマから降りて、ふりかえることもなくマンションの玄関に入った。

7

セキュリティの行き届いたマンションだ。エントランス入り口のインターホンで203号室を呼び出した。名前を告げるとロックが解除される音がして正面の自動扉が開いた。麻里から矢島について聞かされているのだ。エレベーターで二階に上り、203号の前に立つ。チャイムを鳴らした。

ここでもすぐにドアが開いた。

宇佐見はすぐにドアをロックして、バルコニーの見えるリビングのソファに落ち着いた。着いて間もないらしく、髪はまだ乱れたままだ。青ざめた顔でせわしなく視線を動かしている。

「ダメだったんだな」

薄い顎ヒゲの生えた口をとがらせて宇佐見は言った。

すっきりと片づいたリビングだ。

若菜が拉致されたクルマを追跡したものの、逃げられてしまったことはすでに警察から知らされているようだ。それならば話は早い。

「警察もできる限りのことはしたが逃げられた」

宇佐見は呻き声を上げながら、うなだれた。

相当消耗しているようだ。無理もなかった。目の前で娘を拉致されたのだ。

「無事なのか？」うつむいたまま宇佐見は訊いてくる。「手荒い連中なんだぞ」

「大丈夫と思う」

矢島が言うと、宇佐見は顔を上げてじっと見つめた。本当かという表情だ。

「しかし、どうしてなんだ」

ふたたび宇佐見は頭を抱えるように言った。

それはあなたが特効薬を持っているせいではないかと言いかけたがやめた。代わりに、

「ホテルから逃げ出す必要などなかったのに」と声をかける。

宇佐見は意外そうな顔でふりかえり、

「逃げてなんかいないよ」

と答えた。

「ではどうしてここへ？」

「戻って来ただけだ」

動転しているのか、見え透いたうそを平気でつく。

「ここは安全だ。安心していい。警察がガードしている」

「わかってるって」

「あんた、若菜ちゃんと三人でここに住んでいるのか？」

矢島は訊いた。

「若菜はまだここへは連れて来ていない。そんなことより、どうにかしてくれ」宇佐見は期待のこもった目で矢島を見た。「あんた、あの中国人と交渉できるそうじゃないか」

「そっちは警察にまかせる」

「だったら、どうして、ここにやって来た？」

「安心させようと思ってだ」矢島は強く言った。「来なかったほうがよかったか」

宇佐見は首をすくめるように、バルコニーに目を移した。

この男はどこまで事件の全容を知らされているのだろうかと訝（いぶか）った。

花岡邦夫が拉致されていることまでは承知していないかもしれない。

「きょうの若菜ちゃんの体調はどうだった？」

「至って健康。風邪ひとつ引いていないよ」

それはいい。

「矢島さん……とかいったな?」宇佐見が言った。「水天法とかいうやつらは、どうして特効薬を欲しがるんだ?」

矢島は中国にいる水天法の仲間が、H5N1k6と似たインフルエンザウイルスに冒されていて、それを助けるために必要らしいと答えた。

宇佐見は呆気にとられたような顔で、

「冗談だろ」

と口にした。

「いや、本気のようだ」

「だって、同じウイルスかどうかもわからないんだろう?」

「同類と仮定しての話だ。H5N1k6というウイルスは強毒性ではないのか? いったん罹ってしまえば生死の淵をさまようような」

「それはそうだが、だからって効果もわからない薬のために娘まで……」

「連中は連中で必死のようだ」

水天法だけでなく、中国政府も入手したがっていることは伏せておくしかない。これ以上取り乱されては困る。

「若菜ちゃんが心配だ」矢島は続ける。「助け出してやりたい。そのためにはあんたの協力がいる。わかるな?」

宇佐見は疑い深いまなざしで矢島を見る。

「警察を信用していないな?」

矢島が訊くと、宇佐見は不安げな顔で、

「うちの研究所の警備もできなかった連中だし」

と言った。

「武蔵医科大学のあんたの研究所は、自衛隊員に守られていたがな。襲撃されたのでCIAにいまのホテルに連れ込まれた。そしていま、もっとひどい状況にいる。どうする、これから? いや、どうしたい?」

宇佐見は顔を引きつらせて、矢島に見入った。「だ、だから若菜を……若菜だけは……」

そこまで言うのがせいぜいだった。

「できるかぎりのことはする。あんたも、正直に話してくれ。どうしてホテルを出て、こんなところに戻って来た? 水天法から直接連絡が入ったんだな?」

宇佐見は唾を飲み込みながら、うなずいた。

「特効薬とその成分メモと交換で若菜ちゃんを渡すと言ってきたのか?」

「……そうだ」

「応じることにしたのか？」

「そうするしかなかった」

「受け渡しの場所と時間は？」

「午後四時にここに来いと」

宇佐見は汚い字で書き殴ってあるメモを見せた。

青森国際大学東京サテライト校

青森国際大学と言えば、ウイルス強奪犯のひとり、黄建人（ホアンジイエンレン）が籍を置いていた大学ではないか。

「これはどこにある？」

「本所（ほんじょ）。春日（かすが）通りに面しているみたいだ」

大学のサテライト校といっても矢島にはイメージが湧かない。

宇佐見は唇の端をピクピクさせながら、

「メモと特効薬を持って、絶対にひとりで来いと言われてるんだ。着いたら向こうから電話がかかってくる」

と続けた。

「特効薬を見せろ」

宇佐見は隣の部屋から、紺のスポーツバッグを携えて持ってきた。もう片方の手に封筒を持っている。

バッグのチャックを開けると、ガムテープの貼られた直径二十センチほどの段ボール箱が収まっていた。

「これが作り方と成分表だ」

宇佐見から渡された封筒の中身をあらためた。

Ａ４で五枚のペーパーに、ぎっしり化学式と専門用語が記されている。

矢島は腕にはめたタグホイヤーを見た。

午後三時十分。

十分に間に合う。

スポーツバッグの中に封筒を入れ、チャックを閉じて肩に背負った。

「中身を確認しなくていいのか？」

宇佐見がすがるように訊いてくる。

「あんたの娘の命と交換なんだ。信用するしかないだろ。あんたの携帯を出せ」

矢島が言うと、宇佐見はポケットからガラケーを取り出して寄こした。

「ま、待ってくれ。支度するから」

「足手まといだ。ひとりで行く」

おどおどしながら、見守る宇佐見を残して、矢島は部屋を出た。

8

「青森国際大学は弘前(ひろさき)にあった簿記の専門学校が母体です。簿記学校の設立は一九六九年で古いのですが、一九七五年に地元に短期大学を作って大学経営に乗り出しました」

電話の向こうで麻里が言った。

「青森国際大学の設立は何年だ?」

アクセルに足を置きながら矢島は訊いた。

首都高速都心環状線の江戸橋(えどばし)ジャンクションに差しかかっていた。本所まであと十五分足らず。

「四年前です。それまでは、弘前報恩(ほうおん)短期大学と言う名前でしたが、大幅な赤字を計上して運営母体が変わり、民事再生法の適用を受けて現在の名前に落ち着いたみたいです」

「報恩大学……古めかしい名前だな」

「かなり低迷していたようです。現在は、人間科学部と情報科学部の二本立てです。学生の八割は中国人になっているようですが、はっきりしません。大学の運営でたびたび文科省の査察を受けていて問題が多いようです」

「問題と言うと？」

「サテライト校のほうが学生数が多いのです。全体の七割がそちらにいます」

「弘前ではなく本所に？」

「はい。留学生がほとんどです。ここ数年間は中国で学生の募集を行っていて、中国本土での倍率は四倍を超えるそうです。ただ試験には受かったものの、留学生として入国できない事態が相次いで、入管も厳しい目で見ています。入国した学生も、半分以上が失踪してしまった年度もあったらしくて」

「学生というのは名ばかりだな。不法就労のお墨付きを与えたようなものだ」

「その通りです」

「いまの理事長は誰だ？」

「村田昭英（むらたあきひで）となっています」

「日本人か?」

「そのはずですが」

「わかった」

首都高駒形出口を出た。

そこは浅草から隅田川を渡った本所三丁目交差点近くにある、やせ細った七階建てのビルだ。そろそろと前を通過してみる。

幅は八メートルあるかないか。エレベータールームが階段とともに外に出ているタイプだ。春日通りに面しており、両脇にこれも鉛筆のような細長いマンションが建っている。

ビルの前には自転車が三台ほど停められていた。入り口に、青森国際大学東京サテライト校と書かれたプレートが貼られている。

裏手にあるコインパーキングにランクルを停めて、特効薬はクルマに置いたままサテライト校に向かった。

用心してかからなければならない。事件の発端となったウイルス強奪犯がいた大学なのだ。水天法の信者も多く在学していると見るべきだろう。いや、それだけではない。中国海軍の虎の子ともいえる原子力潜水艦が絡んでいるのだ。

巨大な背景があるに違いない。

それは何なのか。

矢島は緊張した。相手の本丸に近づいているという感触があった。これまでとは状況が異なる。大勢の敵がいる陣地に直接乗り込むのだ。

マツバに電話を入れ、これから向かう先を告げた。こちらから連絡するまで、決して近づくなと厳命する。

ビルの前に着いた。さりげなく左右をふりかえる。

怪しい人間はいない。

肩にショルダーバッグを提げた、サテライト校の学生らしい若い男が自販機の前で缶コーヒーを買っていた。その男にきょうは授業があるのか尋ねてみた。

「あったよ。宇宙物理学の授業」

男はたどたどしい日本語で答えた。中国人だ。

それにしても、宇宙物理学などの講義があるのか。

訊いてみると、天文学の専修コースもあるという。

矢島は両開きの戸を押し開いて中に入った。

こぢんまりしたロビーだ。

小さなガラス戸の向こうに事務室があり、中年の女性が書き物をしていた。

ガラス戸を開けると、女は矢島をふりむいた。

「何用ぅ？」

と椅子から立ち上がりもせず、ぞんざいに訊いてくる。

「宇佐見だ」

矢島はそれだけ言った。

女はいぶかしげな目でにらんだ。「だから何？　用事があるの？」

話にならない。

「特効薬を持ってきたと伝えてくれ」矢島は言った。「早くしろ」

「薬？　注文してないわよ」

「マーメイがいるのはわかっている。言う通りにしないと、警察が大勢やってくるぞ」

ぶつぶつ言いながらようやく女は立ち上がると、ドアを開いてロビーに出てきた。

「何だかわかんないけど、こっち」

女はエレベーターで五階に案内し、教室らしい部屋に矢島を通した。

長机が並んでいるだけの殺風景な部屋だ。

女は去って行って、矢島だけが残された。

天井から床まで目視した。監視カメラのようなものは付けられていない。

机も点検したが、異常はないようだ。

「矢島さん」

呼びかけられる声がしたかと思うと、部屋の隅にある大型テレビに女の顔がアップで映し出された。マーメイだ。

「こうしてせっかく来てやったのに、ありがたくないようだな」

矢島はテレビに向かって声をかけた。

「あなたを招待した覚えはないけど……宇佐見さんはどこ？」

マーメイは苛立たしげに言った。屋内にいるようだ。だが、そこが同じ建物なのかどうかわからない。

「彼にまかされてここに来た。さっさと取引をはじめようじゃないか」

「あなた、肝心なものを持っていないようじゃない」

「おまえこそ、隠れていないで出てきたらどうだ」

矢島は語気を荒らげた。

「どこにいようとわたしの自由。特効薬を持っていないなら帰ってちょうだい」

「若菜と一緒でなければ帰るわけにはいかない」

「お互い義務があるはず。果たそうとしなければ取引は成立しないのよ」

「いいから若菜ちゃんはどこにいる？　無事でいるのか？」

「無事よ。いま、わたしの隣でアイスクリームをなめてる」マーメイは笑みを浮かべた。

「あと十分待つわ。持ってきてくれるわね？」

ぷつんと画面は切れた。

矢島は机に拳を叩きつけた。

部屋から出て、同じ階にもうひとつあるドアを開けてみた。

講義が行われていた。二十人ほどの男女が、熱心に黒板に画かれたコンピュータのプログラムをノートに書き写している。

チョークを持った講師がふりむいた。黒メガネをかけた丸顔の男と目線が合った。どきりとした。

シリコン丸の店員ではないか。たしか、魏英（フェイイン）という名前だったはずだが。

矢島に気がついた生徒がうしろをふりかえった。

「あなた、誰（ニイシィシゥイ）？」

中国語で呼びかけられた。答えないでドアを閉める。

エレベーターで七階まで上ってみたが、教室があるだけだった。倉庫代わりに使われている部屋があり、中に入っているものを調べた。教材用の本や実験用の機材がほとんどだった。天体望遠鏡が収まった未開封の箱に貼り付いた送付票に目がとまった。送付者の欄にSDAのロゴがある。有明倉庫で見たのと同じ字体だ。

正式名称も記されている。

SPACE DEFENSE ASSOCIATION
宇宙防衛協会?

いったい何の組織なのだ。物音がしたので、そっと部屋を出て、そのまま階段で下った。三階で玄関前で話した学生と出くわした。

五階で行われていた授業の講師について訊いてみた。

「魏英先生ですか?」

「あの先生、どんな人?」

「SDAから派遣されている優秀な先生ですよ。みんな尊敬しています」学生は続ける。「ほんとは天才ハッカーだけどね。人民解放軍のサイバー部隊が束になっても、彼ひとりにはかなわない」

ハッカー……。やはり。

「とんでもない先生だな」

「そんなこと言ったら、バチが当たりますよ。きょうは特別な日なんだから。魏英先生が先導役を果たす式がはじまるんですから」

「式……何の?」

男はいぶかしげな顔で矢島を見た。「あんた、何なの?」

これ以上かまっている時間はない。特効薬を取りに戻らなければ。

ビルを出て春日通りから路地に入った。雑居ビルとマンションの外壁に囲まれた狭い通りだ。歩いてきた道の背後から人の気配が伝わってきた。男が三人ついて来ていた。通りの先からもふたりの男が姿を見せた。

矢島は早歩きに切り替えて、先に進んだ。

前にいたふたりが矢島の前に立ちはだかった。

「特効薬を寄こせ」

右手の若い男が中国語で声をかけてきた。

無言で横切ろうとすると、ふたりの男の手が伸びてきた。

上腕にかかる寸前、矢島は体を入れ変えて、右手の男に正対した。

そのまま、頭突きを食らわす。

男は両手で頭を抱えて、その場にしゃがみ込んだ。

背後から腹のあたりに手が回って、抱きかかえられた。身動きがとれなくなった。うしろにいた三人が走ってきて、そのうちのひとりが顔面にパンチを繰り出してきた。首を曲げて、それを間一髪のところでかわす。

同時に右の肘打ちを、背後にいる男の腹に突き刺した。

びっくりして立ちすくんでいる男の顔面に手刀を叩き込んだ。

三人が這いつくばっている路上を見て、残りの二人が青ざめた顔で引き上げていった。

コインパーキングに戻った。ランクルは異状がないようだ。特効薬もある。

運転席に乗り込んだとき、懐のスマホが鳴った。テレビ電話が着信していた。オンボタンを押すと、たったいま出てきたサテライト校の玄関前で、マーメイと少女が映り込んでいた。

「もうじき十分よ。どうするの？」

マーメイは言った。

「どうもこうもない。そっちこそ信用しなければ、特効薬など持っていかない」

「いまの連中のことかしら？　ちょっと、連絡をミスっただけよ」

「素直に信じろというのか？」

「ごめんなさい。謝るわ」

「だったら、いますぐ子どもを解放しろ」

マーメイはまなじりを吊り上げた。「言ったはずよ。お互い義務を果たさないといけないって。どう？　特効薬を持ってきてくれるのかしら？」

マーメイの態度に苛立った。

しかし、子どもの命を優先させなければならない。

「わかった。いまから行く」

矢島はスマホを切り、特効薬の入ったスポーツバッグを肩に背負った。

素直に戻る気など毛頭なかった。

邦夫のこともある。少しでも優位に立たなければならない。

コインパーキングの南側に民家が二軒あり、その裏手がサテライト校が入っているビルになっている。民家とビルのあいだに細々とした空間があった。

そのわずかな隙間に矢島は身を差し入れた。横向きになって進む。

目当てのビルの裏側にたどり着いた。フェンスがある。難なく越えることができそうだがやめた。代わりに左手にあるマンションの裏にあるフェンスをよじ登った。二メートルほどの高さがある。

そこに立って、非常階段に向かって思いきりジャンプした。二階へ続く踊り場の鉄柵に体ごとぶつかる。

柵をつかんで踊り場に降りた。六階まで上り、サテライト校の入っているビルの横に来た。そのビルの階段まで、幅は一・五メートル足らず。

息を止め、一気に飛んだ。

階段の手すりに足がかかった。そのまま、踊り場に着地する。

建物と階段を隔てるドアはない。

部屋を見て回った。授業は行われていない。奥の部屋だ。鍵がかかっている。懐からピッキング用の金具を取り出し、解錠にかかる。

三十秒足らずで開いた。ゆっくりと押し開ける。

長机が並んでいるだけで人はいない。

同じ階の別の部屋も調べたが同じだった。

二階分下りて、鍵のかかっている部屋を調べる。二つ目のドアに取り付いたときだ。部屋の中から、呻くような声が聞こえたので、耳をそばだてた。

部屋の明かりはついていないが、人がいるようだ。

金具を使って開ける。そっとドアを押し開いた。

机も何もないがらんとした空間だ。奥手に寝袋のようなものが横たわっていた。ちょこんと人が顔を出し、グレーの眼鏡が光った。

「邦夫」

と矢島は呼びかけた。

間違いない。

花岡邦夫は顔を横に向け、驚いた顔で矢島を見つめた。「ロン……」

黙れと言いながら近づき、寝袋のチャックを開く。ぷんと糞尿の匂いが漂った。長時間放っておかれたらしい。

ぐるぐる巻きにされたロープを外してやる。

手を貸して立ち上がらせた。体のダメージはないようだ。

それでも足元がおぼつかなかった。

そのときドアが薄く開いて、黒っぽいものが投げ込まれた。

それは白い湯気のようなものを発しはじめた。

催涙弾か。

手で口と鼻を覆ったものの、たちまち目がかすみ鼻水が出てきた。

音がして、数人の黒い影がなだれ込んできた。

邦夫の体を離すとき、ベルトに仕込んだマイクロナイフを預けた。

先頭切ってやって来た男の腹に正拳を叩き込んだ。

倒れかかった男の脇にいる男に回し蹴りを食らわした。
かろうじてそれはかわされ、逆に男はしゃにむに矢島に組みついてきた。
勢いがあった。そのまま後ろに倒れ込んだ。なおも男はタコのように張り付いてくる。
目の前に男がはめている十字架のネックレスが揺れている。
……ここは水天法の巣窟なのか。
別の男に腰元をつかまれて、下半身が身動きできなくなった。
すぐ横の壁で、邦夫が凍り付いたように見守っている。
矢島は目の前の男の喉に右手をあてがい、思いきり締めつけた。
ぐえっと男の口から声が漏れ、のしかかっていた体から力が抜けた。
腹筋を使って上半身を起こす。
腰に組みついていた男の後頭部目がけて肘落としを食らわせた。
すかさず立ち上がる。
ふたりから解放されたのも束の間、続々と新手が部屋に入ってくる。
たちまち七、八人に取り囲まれた。皆若そうだ。
本当に学生なのかもしれない。ひ弱そうな男も混じっている。
「どけっ」

一喝すると数人の男がひるんで後ずさりした。

臆しなかった男がふたり、一度に飛びかかってきた。ひとりを肩車にして、机の上に放り投げた。一瞬遅れてやって来た男の顔面にパンチを繰り出す。

それを見てほかの男たちは、棒立ちのまま矢島を見つめるだけだ。

涙が止まらない。かすんでくる目の端に女が見えた。

開かれたままのドアの向こう側だ。

マーメイのようだ。すぐ横に、お下げ髪の少女の姿があった。

ピンク色のスウェットの上下を着ている。服を着替えたのか。

「若菜ちゃん」

呼びかけると少女の体が動いた。

それを横からマーメイは抱きとめた。

呆然として立ちすくむ男たちを避けて矢島はバックを背負い、部屋を出た。

屈強そうな男がマーメイとのあいだに立ち塞がる。

またあの男……染谷だ。

意味不明の薄笑いを浮かべ、じっとこちらをにらんでいる。

「どけ」

矢島が放った言葉を聞き入れるはずもなかった。

「特効薬はこうして持ってきた」矢島をバックを掲げて呼びかけた。「若菜ちゃんを放せ」

マーメイは若菜の肩をつかみ、

「そっちが先でしょ」

と声を上げた。

「ここではダメだ。外へ出ろ」

矢島は鼻と口を押さえ声を振り絞った。

「外へ出てどうするつもり？」

「とにかく外へ行け」

たまらず動いた。

染谷がぴたりと張り付いてくる。

「この男をどうにかしろ」

矢島が呼びかけると、マーメイは染谷の耳元に何事かを吹き込んだ。

すると、染谷はふたりから離れていった。

マーメイは隣の部屋に若菜を連れ込んだ。

矢島もそれに続いた。

部屋にはマーメイと若菜、そして矢島の三人だけになった。

「おまえたち、何を企んでいる？」

矢島は声を上げた。

「あなたにいちいち答える必要なんてないわ」

マーメイは若菜を強く抱きながら答える。

「ここは日本だから何をしてもいい。だが、いくら中国人とはいえ学生を巻き込むのはやめろ」

「余計なお世話。命令があれば動くのよ」

立場の弱い留学生を使う卑劣なやり方に、矢島は腹立たしくなった。

「学生たちに家電店で列を作らせて、日本の製品を買い漁らせているんだろ?。恥ずかしいと思わないのか」

「需要があるから成り立っているのよ。あなたにそんなことを言う資格があると思っているの」

「あるから言っている。馬鹿な真似はやめて、若菜ちゃんと邦夫を返せ。そうすればこれをやる」

「この子には」マーメイは隣の若菜に呼びかけるように続ける。「お父さんが来て助けてくれるからって言ってあるのよ。それがどうしてあなたが来るのよ」

「あの父親では交渉はできないから、代わってやって来たまでだ」

「どうせあなたはお金で雇われているんでしょ？　最低」

矢島は構わず前に突き進んだ。

「来ないで」

マーメイが回転式の小型拳銃を若菜の頭に突きつけた。

反射的に歩みを止める。

ふいに後頭部に強い衝撃を受けた。

ふりかえろうとして、左足を斜め前に出した。男の靴が、かろうじて見てとれた。あの日本人……音もなく近寄ってきたとは。

それきり矢島は意識を失った。

9

くぐもった低い音が聞こえる。

多すぎて、聞き取れない人の声。甲高いシュプレヒコール。

足を踏み鳴らすようなどよめき。

パイプオルガンの荘厳な調べが少しずつ重なる。

——降臨（ディアンリン）

——降臨
目を薄く開けると、部屋の隅にある大型液晶テレビにステージのようなものが映っていた。客席にいる人間たちが総立ちになり、手を高く掲げて拍手している。

ステージの真ん中に巨大な祭壇が設（しつら）えられ、火のついたろうそくが並んでいる。天井から吊るされた巨大なプロジェクターに、狂乱する観客たちの顔が映っていた。どれもみな興奮して、泣き出しそうな顔をした女もいる。ろれつの回らなくなった舌で、口々に「教主様（ディアオチゥ）」と叫んでいた。中国語だ。

ステージの右隅から、メガネをかけた白装束の男が姿を現した。

魏英（フェイイン）だ。

ゆっくりと祭壇に向かって歩き出した。

白いガウンのようなものに、ストールをかけ、マントを羽織っている。

キリスト教のミサのようだが、十字架のようなものはない。祭壇の造りも奇妙だ。

木製の朗読台ではなく、一国の宰相が演説で使うような、三本のマイクが取り付けられた台が置かれている。

観客たちの声がヒートアップしていく。

——打倒一切(ダダオイーチィエ)

——打倒一切

地響きのような音とともに、会場全体が興奮に包まれていく。

さっきの男が言っていた〝式〟だろうか。

水天法の教主でも現れるのだろうか。

背中を揺すられる感触がして目をそらした。真うしろにいる邦夫が足を矢島の背中に押しつけているのだ。細い麻ロープで体を縛られて、身動きが取れなかった。ブラインドの閉じられた窓が、うっすらと夕やみのオレンジ色に染まっている。

ふいに液晶テレビから映像が消えた。

「ずっとここに監禁されていたのか?」

矢島は小声で訊いた。

「わからん。おまえが来るまで意識がなかった」

「小さな女の子が連れて行かれた。知っているか?」

「そういえば、子どもが泣いているようなのが聞こえたが」

「どこで?」

「この上に連れて行かれたと思う。どうした?」

矢島は宇佐見の娘が誘拐された経緯を話した。

「……それって、おれのせいか……」

邦夫はつぶやくように言った。

「そういうわけじゃないが、連中は本気で特効薬を欲しがっている」

若菜誘拐の発端は邦夫が引き起こしたウイルス強奪事件にあるが、どうしてここまで特効薬にこだわるのか。中国にいる同志たちが強毒性のインフルエンザに罹っているとしても、この特効薬を飲めば治るという保証はどこにもない。

いま現在、この日本で切実に特効薬を必要としているのは、津軽海峡に着底している潜水艦の乗組員たちにほかならない。それにしても、百名あまりに上る乗組員全員が重篤(じゅうとく)な症状に陥っているのだろうか。混乱を極める艦の中で、別の事態が起きている可能性は……。

ふと旧ソビエトの潜水艦K129が行方不明になった事件を思い出した。須山防衛部長はその原因がわからないと言ったが、今回の着底事件と通じるところがあるような気がしてならない。

「そんなに欲しいなら、さっさとくれてやればよかっただろ」

「引き換えに子どもの命が助かる保証はない。どのみち、薬はもう向こうの手に落ちた」

「そうか……。おれたちはどうなる？」

かすれ声で邦夫は訊いてくる。

「抜け出すしかない。さっき渡したナイフはどうした？」

邦夫はようやく思い出したように、

「ここだ、ここ」

と胸のあたりを見ながら小声で繰り返した。

矢島は体を横向きに回転させて、その胸元に顔を当てる。胸ポケットに固いものが入っていた。

口をねじ込んで、それを噛んだ。

壁まで這って、そろそろと上半身を壁に押し付けるようにして起こす。

床に落としたマイクロナイフを開き、手首に巻き付けられたロープに刃を当てる。

ゆっくりと引いて、切った。両手が自由になった。全身に巻かれたロープを切り、邦夫も解放してやった。

「子どもを探してくる。ここで待っていろ」

矢島は邦夫に命令して、ドアにとりついた。

ドアノブに手をあてがい、ゆっくりと回す。わずかに開いた。

すぐ横に監視役の男がいた。素早く背後につき、右肘を相手の首に回して一息に引いた。あっけなく男は床に沈んだ。

西側の窓に日が沈みかけていた。意識を失っていたのは短時間のようだ。

耳を澄ませる。ことりとも音がしない。着ている服を調べた。

拳銃もスマホも残っていなかった。

歩き出そうとしたとき、階下から人の話し声が聞こえた。

壁を伝うように進み、階段を使って一階分下りた。四階だ。

先ほどは開いていなかった部屋に明かりが灯り、人のいる気配がした。

ドアに耳を押し付けて、中の様子を窺った。中国語の会話が聞こえた。

「……いつまで、こんなことを続けるんだろうな」

若い男の声だ。

「マーメイがいいと言うまでだ」

ソバをすするような音がする。カップ麺を食べながら、話し込んでいるようだ。

「特効薬が手に入ったんだ。早いところ、こんなところは出て、さっさと青森に行かないといけないのに、何してるんだ」

「薬が本物かどうか確かめているんじゃないか？」

「悠長なこと言っている場合か。もう、乗組員は潜水艦から助け出されているんだぞ。一刻も早く届けなけりゃ、死んでしまうだろうが」

「俺に訊かれたってわからん。さっさと食っちまえよ」

「それより大学の寮の住所はわかってるのか？」

「わかってるって。そこに乗組員が押し込められているんだからな」

「百人以上だぞ。寮ってそんなにでかいのか？」

「大きいらしい。せっかく作ったけど学生が集まらないから、ずっと空になっていたようだな」

もう一人の男が笑った。「サテライト校のほうが、学生が多いんだから不思議な大学だよ。まぁ俺には関係ないが」

ひとしきり物を食べる音がして会話がやんだ。

矢島はふたりの交わした会話を反芻（はんすう）した。

これから青森に行き、そして、潜水艦の乗組員に特効薬を飲ませるという内容。

潜水艦といえば津軽海峡に着底している原子力潜水艦しか考えられない。ニュースでは乗組員らが助け出されたという報道はされていないが、もしこの男たちの言うことが事実であれば、どうだろう。

昔と違って、いまでは潜水艦の救助に当たる潜水艦救難船がある。それを使えば、たやすく乗組員らを救助できるはずだ。報道は統制されているのかもしれない。

そっとドアを押した。男のひとりはこちらに背を向けている。もうひとりも、カップ麺を夢中でかき込んでいた。ふたりの真ん中にスポーツバッグが置かれている。

そろそろと部屋に入り、二人の背後に忍び寄る。

背を向けている男の首の根元に手刀を叩き込むと、あっさり床に転がった。

あわてたもうひとりの男の顔面に蹴りを入れる。こちらもあっけなく、壁に頭を打ち付けそのまま床に伸びた。

スポーツバッグを手に取り、部屋を出た。

足音を立てずに、階段で上に向かった。

一階ずつ部屋をチェックして回る。最上階の七階まで来た。

どの部屋にも人がいる気配はなかった。

階段に戻り下を見た。一階あたりから明かりが漏れていた。

もう、若菜はいないのか。

屋上に続く階段を見上げた。

足音を忍ばせてゆっくりと上がる。

屋上に通じるドアの前に立ち、外の様子を窺った。

音はしなかった。

ゆっくりドアノブを回し、押し開いた。

エアコンの室外機だ。五台ほど並んでいる。

その先に赤っぽい子どもの靴が見えた。ほかの人間は見えない。

厚いドアを開けて、スポーツバッグをその脇に置く。

室外機を回り込んだ。お下げ髪の若菜が、矢島を見上げた。

目の周りが赤く腫(は)れている。

腰に回された麻ロープが室外機に縛り付けられていた。

それを切り取って、若菜の両脇を支えて立ち上がらせた。

「若菜ちゃん」矢島は小声で言った。「どこか痛いところある?」

若菜はじっと矢島を見つめたまま、首を横に振った。

「お父さんから、きみを助けるように頼まれた。わかるね?」

言うと、若菜は笑顔を見て、大きくうなずいた。

「よし、帰ろう」

そのとき、ドアが勢いよく開いて若い男が三人飛び出してきた。

どれもはじめて見る顔だ。

しかしその顔には怒りと混乱の色がにじみ出ていた。

首もとに銀色の十字架が光っている。

水天法の信者だ。

若菜を室外機の前に戻した。

最初に飛びかかってきた男に向かって、体を横に向けた。

相手の手が差し掛かる間際、右足で相手の膝を軽く蹴った。

男は蝶番(ちょうつがい)が外れたように、ひっくり返った。

続けて挑みかかってきた男の右パンチを掌底で封じた。左手を使って右肘を巻き込みながら、左足を引っ掛ける。後ろ向きに倒れ込んだ男は、したたかに頭を打ち付けた。

残った男が同じように胸元にパンチをくりだしてきた。

右足を斜め前に踏み込み、右手刀を相手の首に当てながら、軸を回した。

横向き様に倒れた男の脇腹に上から蹴りを入れる。

長々と伸びた三人を見下ろすように、染谷が立って、こちらを覗き込んでいた。

にこやかともいえる顔立ちだ。ただ、吊り上がった細い目が自信ありげに、不気味な光を発していた。

「どこの誰だ?」

口にしてみたが男はニヤニヤ笑うだけで、一言も発しない。

一歩横に動いた。男も一歩、脇にずれた。

このまま、通すつもりはないようだ。

「おまえも、信者なのか?」

訊いてみたが、染谷は表情を変えない。

慎重に間合いを詰める。染谷は余裕たっぷりの表情で受けて立つ構えを見せた。

全身から他を寄せつけない気を発散させている。修練を重ねた者だけが到達できる境地に達している。

久方ぶりに血が沸くのを感じた。

一歩分、前に出た。すかさず、右掌底フックを染谷の顎に突き上げた。

予想したとおり、間一髪のところで染谷はかわし、エビのように反りかえった。

そこに足をひっかけた。

しかし、空を切った。染谷はそのままの姿勢で、半歩後ろに下がった。

これまでに見たことのない奇妙な動きだった。

ゆっくり起き上がると男はまた矢島と正対した。

全身の力を抜いてリラックスしている。

矢島は故意に力んで右パンチを相手の顔に放った。

顔に当たる寸前、染谷は矢島の右肘を取りパンチをかわすと、そのまま一歩踏み込んできた。

左肩を取られる前に、両手を突き出して相手を押しやった。

二度も攻撃を防いだ男の顔をまじまじと見つめた。

太い眉がピクリと動いた。

こいつ……楽しんでいる。

染谷はふいに、両手を垂らし体を弛緩(しかん)させた。

どうした？　刃向かう気が失せたのか？

スキだらけになった相手の腹に拳を突き刺した。うつむいた首の根元に手刀を叩き込む。

あっさりと染谷は前のめりに倒れた。

まじまじと倒れた男の横顔を見た。これしきで意識を失った？　あり得ない。

「染谷、大丈夫か」

後方から、倒れ込んだ染谷を呼ぶ声が聞こえた。

ふりかえると拳銃を構えた男がドアの横に立ち、銃口をこちらに向けていた。

銃を持った男は矢島を牽制しながら倒れている染谷を気づかって、その脇にひざまずいた。

そのスキに、矢島はその場を離れ若菜の元に戻った。

いきなり爆発音がして右頬を熱いものがかすめた。

男の発砲と同時に矢島は前方に転がった。

立ち上がりざま拳銃を撃ってきた男の腹に蹴りを入れた。その手から拳銃が飛び、コンクリートの上に落ちた。

若菜の手を取り、ドアに向かった。

そのとき、ドアが開いてまた別の男が現れ、拳銃を矢島に向けた。

三メートルほどの距離があった。身動きが取れなかった。

男の指が引き金にかかった。若菜を背中に隠した。

拳銃を握りしめた男が、押し倒されるのを垣間見た。

背後にいるのは邦夫だった。邦夫はそのまま男にのしかかると、その手から拳銃をもぎ取ろうとした。それをさせまいとして、取っ組み合いになった。

そのすきに矢島は若菜を抱き上げてドアに向かって駆け出す。

横目で日本人を視界におきながら、バッグを背負う。

「やめろ」

邦夫が怒鳴り声を上げた。

ふりかえると組み合っていた男の銃口がこちらを向いていた。

その手に邦夫の上半身が絡みついた。バンという音がした。

邦夫の体が男とともに崩れ落ちていく。邦夫の背中に赤いものが噴き出した。

苦しげな顔でこちらをふりむいた。目がうつろで焦点すら合っていない。

どっと倒れ込むのを見ながら、建物の中に入った。

若菜を抱いたまま階段を駆け下りる。

五階まで敵はいなかった。

四階の踊り場に到達した。下から上がってくる男の顔面に蹴りを入れた。そのまま階段を転げ落ちる。

床に伸びた男をよけて、さらに下った。

ようやく一階に着いた。ビルを飛び出す。

駆け足で角を回り込む。五十メートルほど一気に走った。

コインパーキングにたどり着いた。手早く精算をすませ、ランクルのリアに貼り付けていたスペアキーでドアを開けた。

助手席に若菜を乗せる。シートベルトをかけている余裕はなかった。若菜の上体を左手で支え、エンジンをかける。

「動くよ」

声をかけると同時にアクセルを踏み込んだ。

通りに出る。追っ手はなかった。それでも油断はできない。

スピードを保ったまま、息を殺して春日通りに出る。

西に向かった。バックミラーに目を当てる。

ついてくるクルマはなかった。

交差点で止まった。助手席の若菜のシートベルトをはめてやる。

「もう大丈夫だからね」

と声をかけたが、若菜の顔色は青ざめたままだ。

飲みかけのスポーツドリンクのキャップを取り、そっと差しだした。

「飲むかい？」

若菜は口にあてがうと、半分ほどひと息に飲み干した。よほど喉が渇いていたのだろう。

暴力は受けていない様子なので安心した。

「おじちゃん」目を赤く腫らしたまま若菜が言った。「ありがと」

胸のあたりが少しばかり熱くなった。

「頑張ったね」髪をなでる。「お父さんが待っているから」

連れて行かれた場所を訊いてみると、サテライト校以外の場所には、行っていないようだ。しかし、安心はできない。

残してきた邦夫の顔がよぎった。弾は心臓に命中していたはずだ。

それでもなお、こちらをかばってくれた……。

すまない。矢島は念じた。

センターコンソールに収まっている予備のスマホを使って、根岸麻里を呼び出した。宇佐見俊夫に電話をかけてくるように要請し、新たに出た疑問点を調べるように伝える。

マツバにも連絡を入れた。

どっと胸のつかえが取れた。

10

首都高の駒形入口から入った直後、宇佐見から電話が入った。

用件を伝えて電話を切る。

助手席の若菜はうつらうつらしていたので、電話には出さなかった。

コンソールのテレビをつける。

津軽海峡をバックにして、アナウンサーが興奮した顔でまくし立てていた。着ているレインコートが強風であおられている。

〈……北海道福島町の吉岡から中継しております。ご覧いただけますでしょうか。ご覧の通り、海上は低気圧が南下してきている影響で、風雨が強まり、波が高くなっております。この沖合十キロの地点に、中国原子力潜水艦が着底していると思われますが、官邸によりますと現在、潜水艦側とコンタクトを取りつつあるとのことです。また、午後に入りまして、新たな情報が入ってきました。中国側は当初、技術的なミスで、海底に沈んでいると伝えてきていましたが、ここにきまして、乗組員の多くが強毒性のインフルエンザに罹っ

たため操船不能に陥り、やむなく海底に沈座しているとの信じがたい内容であります。現在その真偽を確かめるため……〉

とうとう、現れるべき情報が出てきたと矢島は思った。

本当ならば、中国サイドはインフルエンザの特効薬が喉から手が出るほど欲しいと思っているはずだ。

護国寺(ごこくじ)出口で首都高を降りた。不忍(しのばず)通りを池袋方面に向かって走る。

池袋駅北口の歓楽街はネオンが灯りはじめていた。いつもの場所にランクルを停め、若菜を抱いて『延吉』に入った。

五つあるテーブルの半分は客で埋まっていた。奥まった壁際の席が空いていた。

とりあえず落ち着いて、関峰(グァンフォン)に杏仁豆腐(あんにんどうふ)を出してもらい、若菜に与えた。

矢島は運ばれてきた冷水を一息に半分ほど飲んだ。

見ているあいだに若菜は食べ干してしまい、関峰があわてて、ゴマあん入りの白玉団子(しらたまだんご)を持ってきた。

戸が開いてすらりとした女が入って来た。麻里だ。

厨房にいる関峰に目配せしてから、麻里は矢島の前に腰を落ち着けた。

「危ない目に遭ったみたいですね」

「そこそこな」

調べ物について尋ねたが、麻里は答えず若菜の顔を眺めて、

「若菜ちゃん？　頑張ったね」

と声をかけた。

女性相手で安心したらしく、強ばっていた若菜の表情がゆるんだ。

「ねえ、どうだった？　このおじちゃん、強かった」

「うん、とっても」

「そう、でも若菜ちゃんだったら負けないよ」

若菜は、はにかみながら矢島の顔色を窺った。

「そうそう、若菜ちゃんにはかなわないよ」

矢島も調子を合わせる。

「お団子、おいしそう」麻里が手つかずの白玉団子を見て言った。「おばちゃん、もらっちゃおうかな？」

「だめだめ。若菜のおだんご」

「あは、ごめんね。さあ、食べよ」

子どもはいないのに、あやし方が堂に入っている。

無心に頬張る若菜を見ながら、麻里は矢島に目線をくれた。

若菜の顔がパッと明るくなった。

見ると顎ヒゲを生やした男が入り口に立っていた。

若菜を認めると男は駆け寄ってきて、小さな体を抱き上げる。頬をその顔に張りつけた。

宇佐見は涙目で矢島を見やり、

「ありがとうございます」

と深々と頭を下げた。

答える代わりに軽くビールを掲げた。

関峰が茹で玉子とチャーシューが載った冷麺を持ってきた。

細かく砕いた氷とともに、赤い汁をスプーンですくって飲んだ。甘酸っぱい酸味が口の中に広がる。細くて柔らかいコンニャク麺をほおばる。

それを見守っていた関峰が口を開いた。「いったい何をやらかしてきたんだ?」

「見ればわかるだろ」

「あの女の子をどうかしたのか?」

矢島は食べながら、手短に話した。

関峰は不安げな顔で、
「邦夫はどうなった」
と訊いてくる。
矢島は首を横にふるだけだった。
「……そうか、だめだったか」
宮木には報告してある。いまごろ、警察が現場検証に入っているだろう。
落ち着いたら行ってみなければ。
彼の骸を引き取るために。
若いころ、邦夫とともにバイクを走らせていた光景がふとよぎった。
猛烈な寂しさがこみ上げてくる。
——いなくなってしまった。
かけがえのない友人が……。
殺人犯といえども、自分にとっては大切な友人だった。
麻里がそっと矢島の手の上に、自分の掌を乗せてきた。
知らぬ間に横に来ていた若菜が、
「おじちゃん、どうかしたの？」

と心配そうにつぶやいた。

「なんでもないんだよ。ありがと」

そっと頭をなでる。

関峰が訊いてくる。「そのサテライト校は水天法の巣窟になっていたのか？」

「わからない。連中が拠点にしていたのはたしかだが」

客の注文する声が入ったが、関峰は取り合わなかった。

「それと、亜(ヤー)2のことだが……」関峰は言った。「知っている中国人がいる」

麺をすすりながら関峰の言葉に耳を傾けた。

「周正天(チォウチォンティエン)という四十歳の男だ」関峰は続ける。「二年前まで人民解放軍の南海艦隊にいたようだ」

中国の人民解放軍の海軍は二十万人を超える兵員を抱えているはずだ。

「南海艦隊といえば、原子力潜水艦が所属している海南省の……」

関峰はうなずいた。「そうだ。楡林(ユィリン)基地も配下に置いている。周の所属部隊はわからないが」

「いまはどうしている？」

「埼玉の川口で、産業廃棄物のトラックを運転している。牡丹江(ぼたんこう)出身だ」

「その男はどの程度まで知っている?」

「海軍学校の同期が亜2にいるらしい。会ってみるか?」

「会いたい。連絡をつけてくれ」

「わかった」

注文を待たされている客から文句が出たが、関峰はその場で携帯を使って連絡を取り始めた。

若菜を抱いたまま宇佐見が近づいてきた。

しきりと頭を下げながら、特効薬について訊いてきた。

「ここにはない」

と矢島が口にすると、宇佐見は怪訝そうな表情を浮かべた。

「連中に渡したんですね?」

「渡してなんかいないよ」

「どこにありますか?」

「いまは言えない。あれにはまだ使い道がある」矢島は言った。「用がすみ次第返す」

宇佐見はどちらでもいいような顔で、娘とともに、空いた席に移った。

矢島は麻里に向き直った。

「ＳＤＡについて調べました」麻里は言った。「SPACE DEFENSE ASSOCIATION、やはり宇宙防衛協会と呼ばれています。ＮＰＯ法人の届け出が出ています」

「何をする団体？」

「それが、いまひとつわからなくて。ネットにもないですし。矢島社長の名前を出してあちこちに電話しました。それらをまとめてみると……地球に衝突する恐れのある天体や宇宙空間を彷徨う宇宙ゴミの観測と追跡……のようです」

矢島は箸を置いて、麻里の顔を見た。「何だって？」

「いま言ったとおりです。理事長は村田昭英となっています」

「村田……青森国際大学の理事長の？」

「同じ人物だと思います。それから、これも」

麻里は自分のスマホを取り出した。タップを繰り返してから、矢島の前に差しだす。

ツインテールの髪型をした少女の顔写真が映っている。

「小芳？」

言いながらスマホを受け取った。

一度自分も検索したことがある小芳のブログ。〝日本冒険〟だ。

「ずっと下を見てください」

言われるままタップして画面をスクロールさせる。

小芳が映っている動画が埋め込まれていた。

再生ボタンを押してみる。

街頭に立つ小芳が手をふっている。どことなく見覚えのある背景だ。

〈……はーい、みなさん、こんにちは、いかがぁ？　小芳でーす。えっと、きょうはここ、池袋に来てまーす。はじめてかってえー？　違いますよ、もうなんべんも来ていますからねえ。どうですか、みなさん、用意できてます？　復活の日まで、もうあとちょっとですねえ。それまでにこれ〉

小芳は下に置いた紙袋から、箱をとりだしてかざした。

イノセント……遊戯王の文字が見えた。

ゲーム機だ。

〈……そう、これでーす。用意できましたかぁ。まだ買っていない人は、ゲットしておいてねー。バイバイ、天馬（ティエンマー）――〉

小芳が腕をまっすぐ空に突き上げ、それを追いかけるように画面は青い空を映し出して終わった。

何のことなのかさっぱりわからなかった。

ガラス戸が大きな音を立てて開いた。
金髪で長い髪の男が、青い目を光らせて店の中を見回している。
矢島は自分の名前を呼ばれたが、無視した。
男がゆっくりと近づいてきて、矢島の背広の胸ぐらをつかんだ。
無理やり立ち上がらされた。
「特効薬はどこだ？」
男は英語で訊いてくる。
ＣＩＡ要員だろうか。
「イザベラに尋ねるといい」
「黙れ（シャラップ）。さっさと寄こせ」
首を締めつけにかかった。
男の背後に、空いた椅子があった。
矢島は男の厚い胸板に両手をあてがい、押し込んだ。
男は椅子にはまり込んだ。そのまま、床に倒れた。
ピンク色をした男の顔に火がついたように真っ赤になった。
起き上がり様、右パンチを繰り出してきた。

矢島はひょいと腰を上げ、拳を避けながら男の長い髪を両手でつかんだ。

そのまま、壁に男の後頭部を叩きつけた。

男は白目をむきだし、へなへなと腰砕けになって、しゃがみ込んだ。

矢島は関峰から周正天と会う場所を聞いてから、気絶した男を担ぎ上げた。

店を出てゆっくりと階段を上る。

路上に男を放り出してから、ランクルの停めてある駐車場に戻った。

11

首都高速中央環状線から、同じく川口線に入った。スマホでマツバを呼び出し、クルマを回しておくように要請する。加賀（かが）出口で降りて、県道を北に向かって走った。新芝川（しんしばがわ）沿いにある工場地帯の只中だ。高い鉄板に囲われた二階建ての社屋があった。関峰（グァンフォン）から教わった携帯番号に電話をかけると、社屋の隣にある資材置き場から、制服を着た肉付きのいい男が出てきた。

誘導されてその中にランクルを乗り入れた。

「周（チォウ）さんか？」

矢島が中国語で訊くと、男は運転席に寄ってきた。物珍しげな顔で、

「関峰から聞いているよ」

と口にした。

眉の太い角張った顔だ。

周はタバコに火をつけると、小型クレーン車のキャタピラーにもたれかかった。

手招きされたのでランクルから降りた。

「景気がよさそうだな」

煌々と灯る社屋の明かりを見ながら矢島は声をかけた。

「いいよ、いいよ。中国よりよっぽどいい。もうじき、中国から家族を呼び寄せる」

タバコの煙を吐きながら、周は言った。

「あんた、契約社員か？」

「とんでもない。今年から正規社員だよ。ここの社長、働けば応えてくれる。うれしいよ」

「大型トラックに乗ってるのか？」

周は首を横にふり、

「そりゃ無理無理、四トンのコンテナだよ」

「それはよかった。で、関峰から聞いていると思うが……」

「亜（ヤー）2のこと？」

言うと、遠くを見る目で周は煙を吐いた。

「海南島の楡林（ユイリン）基地所属の部隊か？」

「そうだよ。津軽海峡に沈んでいる原子力潜水艦の部隊さ。テレビでばんばん報道されてるだろ。そいつだよ」

「そうか、やはり」

４０８号の乗組員の部隊のようだ。

「海南島には、通常の潜水艦部隊もいるが、そいつは地元で亜1と呼ばれているんだ。亜2といえば、泣く子も黙る原子力潜水艦部隊さ」

「隊員数はどれくらいだ？」

「原潜が四隻あるから、総勢で八百人はくだらないんじゃないかな。どっちにしても中国海軍ではエリート中のエリートだよ。原子力潜水艦の乗組員なんて、滅多なことじゃなれない」

原子力潜水艦は、核抑止力、さらには核戦争における最大の武器。国家における究極の武力だ。しかも燃料を二十年間補給しなくてもいい。三カ月間は浮上しなくても、海中で潜行したまま行動できるのだ。だがその一方で、乗組員のストレスは大変なものだ。それに耐えるためには、強い精神力が求められる。原子力潜水艦乗りはプライドが高いのだ。

「海軍学校の同期がいると聞いたが」

「いる。船に乗り込んでいるはずだ」

周は真顔で答えた。

「エリートと言っても、中にはそうでもないのがいるんじゃないか？　たとえば、ギャンブルで借金を抱えて脱走するような」

周は怪訝そうな顔で矢島をふりかえった。「亜2で脱走？　聞いたことないな」

「そうか」

蔡（ツァイ）はうそをついているのだろうか。それとも、この男が知らないだけか。

「やっぱりエリート部隊なんだな」

「そうはいってもな……」

周が口を濁したので、矢島は黙ってその横顔を見つめた。

「亜2はともかく、人民解放軍自体は七割が一人っ子だからな」周は続ける。「日焼けしたくない。エアコンがない兵舎なんていやだなんて言って、辞める連中も多いし」

「訓練が耐えきれずに辞めるんだな？」

それはたびたび聞いている。

周はにやりと笑みを浮かべ、矢島を見つめた。「そればかりじゃない。とんでもないトップがずらりと顔を出そろえているのに、飽き飽きしている連中も多いんだ」

「たとえばどんな？」

「核戦争を起こせば、中国人民だけが地球上で生き残ると平気で公言する提督が堂々とのさばっている」

「何という名前だ？」

「忘れた」

「そいつが今回の事件の黒幕か？」

「やつはそんな頭は働かないよ」周は嫌みな顔で矢島を見た。「それより、亜2のおれの同期から、今年になって妙な噂を聞いた」

矢島は周の顔を見ながら、

「どんな？」

「胡暁明（フウシィアオミン）という六級士官がいる。おれと同じ牡丹江出身だ。六級、わかるな？」

矢島はうなずいた。

日本風に言えば下士官。曹長に当たる。

「六級士官クラスになると実際に船を動かす頭になる。原潜の中では、将校に勝るとも劣らない絶大な力を握っているんだ。この四月、その胡暁明の実家が政府に強制的に取り壊された」

「軍人の家族の家が？」

「相手が軍人であろうがなかろうが、そんなことは関係ない。工場、学校、中国共産党要人の別荘。そんなものを建てるために、金をつかまされた役人は平気で人の土地を取り上げる」

「それはそうだろうが」

中国では土地の私有化は認められていないのだ。

「問題はこのときの役人のやり方だ。胡暁明の父親がガンで伏せっているのに、無理やり家を追い出した。そして父親は家を失って悲嘆に暮れる中で死んだ。母親もそのあとを追うように自殺した」

「胡暁明は抗議したのか？」

「立ち退きの前に軍の上層部を通じて相談をかけたが無視された。中央軍事委員会の副主席同士の対立があってな」

「なるほど」

人民解放軍は一枚岩ではない。金と打算で動くのだ。

「これは極秘にされていることだが、胡暁明は同じ東北地方出身の隊員とともに、銃を持ち出して政府の役人宅へ仇討ちに出向いたらしい」

「穏やかじゃないな」

「気持ちはわかるだろ？」

「わかる」

矢島も中国東北地方の出身だ。義理が厚くて、不正には容赦しない。友人のためなら命をかけても戦うのが常だ。

「でも仇討ちを果たす前に、同じ部隊の世話になっている上司の説得を受けて思いとどまった。内密に処理されて事件はなかったことにされた」

矢島は周の顔をにらんだ。「そいつが４０８号に乗っているんだな？」

「そのはずだ」

「とんでもないのが紛れ込んでいるわけか」矢島はしばらく考えて続ける。「元の部隊に戻って、胡は頭が冷めたのか？」

「いや……」

周の眉根に深いしわが寄った。

黒い影が道路からすっと入ってきた。背広姿だ。
背後から街路灯に照らされて顔が見えない。その手に筒のようなものが見えた。
パスンパスン――
筒の先から火が出た。消音器付きの拳銃。
矢島は身を翻してクレーン車の陰に隠れた。
横たわる周の足のズックが見えた。
顔を上げようとしたとき、ふたたび銃口が火を噴いた。
クレーン車の運転席の下側に、弾が当たる音がした。頭を引っ込める。
それきり、音はやんだ。
道路からクルマが発進する音が聞こえた。
見ると走り出したセダンがあった。
周は目を開いたまま仰向けに倒れていた。わずかに、口元が動いていた。
細く開いた目が何かを訴えていた。
矢島はそっと顔に耳を近づけた。
「そのあとの胡は……」たどたどしい口ぶりで周は続けた。
最後まで聞き取ると、周の表情から、みるみる生気が失われていった。

頸動脈に手を当てた。反応がなかった。

中国人が同胞の命をあっけなく奪うとは……。

610の仕業だ。

池袋からずっと後をつけてきたのだろう。

あきれたものだ。

それほど、こちらの動きが気になるのか。

矢島はランクルに乗り、あわただしくそこをあとにした。

12

新郷(しんごう)入口から首都高に入った。川口ジャンクションから東北自動車道に進む。

待ち合わせ場所の蓮田(はすだ)サービスエリアに立ち寄った。

休憩所のはるか手前だ。駐車場の隅に、ぽつんと停まっている白のスカイラインGTRがあった。

その横にランクルをつけると、スカイラインからマツバが降りてきた。

矢島は特効薬の収まったスポーツバッグに無線機などを詰め込み、クルマから出た。

スカイラインのスマートキーを受け取り、代わりにランクルのキーを預ける。

「レースでもやる気ですか？」

マツバが訊いてきた。

「そのつもりでいる」

「どのあたりまで？」

「高速の終点まで続くはずだ」

マツバは意外そうな顔をした。「相手は誰になります？」

「いろいろいる。まあ見物だ」

上空から目映い光が降り注いできた。あたりが昼間のように明るくなった。同時にものすごい風圧が襲ってきた。低周波の風切り音が腹に響く。

丸っこい形をしたヘリコプターが、上空五十メートルのところにまで降りてきていた。自衛隊の偵察ヘリ（OH−6D）だ。下部につけられたカメラのレンズが光った。

あんぐりと口を開けてみているマツバの横で、スカイラインにスポーツバッグを放り込んだ。運転席に納まる。

助手席には行動食が詰まった紙袋が置かれていた。

座席を調節し、バックミラーを窺った。

エンジンスタートキーを押す。燃料は満タンを指した。

前後を確認し、長めのアクセルペダルをゆっくりと踏み込んだ。

駐車場を出たところからスピードを上げる。進入レーンに差しかかったときには、百五十キロを超えていた。

真横に並んでいたトラックの前方に出た。加速して追い越しレーンに移る。

太陽の日の光のような光線が、右斜め前方から差し込んでくる。

偵察ヘリが少し前をぴったり併走して低空飛行していた。

懐のスマホが鳴った。取り上げると宮木からだった。

「矢島」宮木は怒鳴るような声で言った。「そんなクルマに乗って、どこに行く気だ」

やはり、ヘリから映像が送られているようだ。

「北」

「北のどこだ?」

「わかっているだろ」

言わなくても、行き先はわかっているはずだ。

「勝手なことをするな」

「その前にヘリをどかせ。まぶしくてかなわん」

「羽生パーキングエリアに入れ。ヘリを待機させておくから」

「首相官邸にでも運んでくれるのか？」

「どこでも、おまえの好きなところへ連れて行ってやる」

「大した待遇だ」

「いいから聞け。おまえが青森に行っても、どうにもならん。混乱するだけだ」

「特効薬を届けなくていいのか？」

「だから言っただろ、どうにもならんのだ」

「なる、ならないは役人の論理だ。実戦は違う」

「おまえ……戦争でもする気か？　いい加減にしろっ」

「する必要があるときはする。途中で投げだすような真似はできない」

「それがおまえの言う信義か？　呆れたものだ」

「どう取ってくれてもいい。次はおれのほうから連絡する」

矢島は通話を切った。スマホが苛立たしげに鳴っているが放っておいた。

アクセルを踏み込む。低い確実なトルクが路面をグリップしている。

さらに軽く押し込むと、二百キロに達した。偵察ヘリを追い抜いた。体勢を立て直して追いかけてきたが、みるみる後方に遠ざかっていく。

館林インターまで二十分で駆け抜けた。
助手席にある紙袋から、手探りで取り出す。
ひとつで五百キロカロリーあるローズネットクッキーだ。
封を口でかみ切り、むしゃむしゃと食べた。口に残ったものを牛乳で流し込む。
モニターをテレビに切り替えた。ニュースが流れた。

〈……こちら青森港旅客ターミナルからお伝えしています。ご覧いただけますでしょうか。このターミナルビルから八百メートルほど離れました貨物専用埠頭に、自衛隊の駆逐艦が停泊しております。そこから、白い、あれはセーラー服でしょうか、軍服を着た人たちが続々と降りてきています。担架に乗せられている者もあり、中国の原子力潜水艦から救出された乗組員であると思われますが、あたり一帯は立ち入り禁止になっていて、確かな情報はつかめておりません。しかしながら、日本政府は彼らが強毒性の新型インフルエンザに罹っているとの見方を強めておりまして、隔離する必要があるとの判断に傾いております。彼らはこのあとバスに乗って、市内の大学の寮に向かうということです……たまたま、寮生がひとりもいないということで、学校側が提供を申し出たらしいのですが、混乱を避けるためにも、山間部にある施設が望ましいということで、政府もその要請を受け入れた

とのことです〉

望遠レンズで駆逐艦の停泊している埠頭が映し出されている。白っぽい服を着た人間たちが、ぞろぞろ下船している。中国の軍服であるのかどうか、遠すぎてわからない。海上自衛隊の基地がある大湊（おおみなと）なら、彼らの露出を避けることができるのに、これみよがしに見せている。

――やはり、そうなるか。

またひとつ、真相に近づいてきて矢島はやるせない気持ちに襲われた。

真っ黒い陰のようなものが左手から忍び寄ってきた。黒のセダン。スピードを落とし、併走する。後部座席に黄色いルームランプに照らされた生白い顔が見えた。中国大使館の蔡克昌（ツァイクオチャン）。スマホが鳴り、応答する。

「まだ何か用でも？」

矢島は軽口を叩くように言った。

「契約はどうする気なんです？　いい加減にしませんか」

宮木と似たようなしゃべり方にうんざりした。

「反故（ほご）にしたのはそちらだろう」矢島は言った。「危うく殺されるところだった」

「言いがかりはやめてほしいものですな」

「まったく……中国五千年の歴史が泣くぞ」

「こんなところで文化論を語るとは、面白い方だ。さあ、次のインターで降りて話し合おうじゃありませんか」

「時間稼ぎはもういらない」

矢島はオフボタンを押し、スマホを助手席に放った。

軽くアクセルを踏むと、セダンはみるみる後方に遠のいていった。

佐野藤岡インターチェンジを通過して、しばらくすると、今度はダッジ・ラムが横に着いてきた。金髪でクルーカットのアメリカ人が窓を開けて何事かを叫んでいる。

速度を落とさないでいると一気に幅寄せしてきた。

軽くサイドブレーキを引いてやる。

テールが左に振れ、ダッジ・ラムのフロントに軽く触れた。ダッジ・ラムの左タイヤが持ち上がった。

ダッジ・ラムの車体が右側に傾いた。フロントサイドを軸に、掌を返すように右側に回転した。そのまま、宙に浮いたように天井部分から路面に落ちていった。

路面に叩きつけられた車体がバックミラーに映り込む。みるみるそれは離れていった。

高速は深い谷底に入ったように暗く静かだった。二百五十キロで飛ばした。次々とトラックを追い越していく。怒りとも何とも表しようのないものに包まれていた。国を代表していくつかの勢力が互いを牽制し合い、しかし、契(ちぎ)るところは契って欺(あざむ)き通すやり方に、言いしれぬ無力感を感じる。人の命の重みなどまるでなかった。

13

青森中央インターを降りたのは午後十一時を過ぎていた。高速道路に沿って、国道七号バイパスを東に向かう。ところどころで、陸上自衛隊の装甲車とジープが警戒していた。部隊章(エンブレム)は青森の第九師団だ。それを避けながら筒井(つつい)の信号を右に取り、造成された住宅団地の緩い斜面を上がった。ヘッドライトを消し、パトカーの停まっている場所を迂回する。

あたりは山がちになり、闇が濃くなった。

警察無線のスイッチを入れた。

〈……手配中のスカイラインＧＴＲは青森中央インターで降りた模様。繰り返す、青森中央インターで……〉

熊肉の看板を掲げた民家の脇を通り過ぎ、舗装道路が終わった。草の生えた悪路が先に続いている。

こんもりした山の中腹に来ていた。左手は材木置き場だ。右に鉄の門があり、クルマの通り抜けはできないと書かれていた。

モニターであたりの地図を確認する。青森国際大学は市街地の西側にある低い山の懐にすっぽりと納まる形でキャンパスが展開している。半径三百メートルの縦長の敷地だ。一号館から五号館まで建物が点在し、交流会館がその中心にあった。大学の寮は弓道場をはさんで、池の反対側にある。

矢島がいまいる位置から、二百メートルほどのところだ。

無線のスイッチを切り、藪の中にクルマを押し進めた。

草で外から見えない位置まで来て停める。

スポーツバッグから小型無線機を取り出して、ヘッドセットをはめる。

自衛隊や米軍のデジタル無線の解読キーが組み込まれた特別製のものだ。

スイッチを入れ、軍関係の周波数に合わせた。ヘッドセットに交信が入感する。

〈……ただいま、D8付近を進行中。合流まで十分程度〉

切れ切れに各部隊が連絡を取り合う模様が聞こえる。特殊作戦群を示すSの部隊名が飛び交っている。陸上自衛隊の特殊部隊だ。

スポーツバッグを背負い、クルマから降りた。

ごうごうと風が巻く音がしている。

小型懐中電灯で下を照らす。

藪から出て、悪路をしばらく登った。

途中で草に覆われた木立の中に入り込んだ。音を立てないよう細心の注意を払って藪を漕ぐ。前方の岩場で人の影のようなものが動いた。

パンパンと機銃の掃射音が響いた。岩にあった影が倒れ、矢島のすぐ先まで滑り落ちてきた。長髪の若い男だ。ブルゾンにTシャツ。事切れていた。首元に十字架が光っている。水天法の男のようだ。やはり、連中はここに来たのだ。しかも、厳重な警戒をかいくぐって。ここに来れば特効薬が手に入ると信じて。

尾根筋を鹿の角のような長いものが動いた。やがて、ヘルメットからズボンまで、迷彩色の戦闘服を着た自衛隊員が登ってくるのが見えた。多目的無線機のアンテナを担いでいるのだ。

死体から急いで離れ、岩陰に潜んだ。

死体を確認する自衛隊員をやり過ごして急斜面の岩場を登り、山の中腹に出た。

強い風を顔に受けた。木々がなびいている。

大学のキャンパスの輪郭がぼんやりと見渡せる。建物の明かりが消されているものの、あちこちに軍関係の車列が停まっている。自衛隊のものではない軍用ジープもあった。

山のあちこちから、銃を撃ち合う音が散発的に聞こえた。

水天法と自衛隊員が戦闘を繰り広げているのだ。

山の際だ。池の畔(ほとり)に立っている三階建ての長い建物を投光器が照らし出していた。大学の寮だ。その前にはバスが一台停まっている。

表から裏手まで、十メートルおきにウイルス防護服を着た警戒要員が立って、建物をガードしていた。

体がのけぞった。喉が圧迫されて身動きがとれない。首回りに迷彩服の柄が見えた。背後から無音で忍び寄ってきた自衛隊員らしかった。

矢島は絞めてくる右腕の小指をつかんだ。そのまま、へし折った。

悲鳴がして相手が離れた。胸元にひじうちを食らわす。

倒れた男の頸動脈を軽く締めて落とした。

つい油断していた。急がなければ。

木立の中を駆け下りた。寮の裏手にたどり着く。

立哨（りっしょう）している警戒要員が複数見える。すっぽりと頭まで覆うビニール製のウイルス防護服を着ている。造りが大ぶりなので風にあおられて、着心地が悪そうだ。89式自動小銃を肩にかけている。自衛隊員だ。

街路灯の下にいるひとりに忍び寄り、だぶついている防護服の首元を思いきり締めた。あっけなく、崩れる男の両脇を担いで藪の中に引き込む。

同じ場所に戻り、頭を低くして寮の一階に張り付いた。低いコンクリートフェンスをまたいだ。ずらりとドアが並んでいる。目の前にあるドアノブをひねった。開いた。そっと引いてみる。中は闇だった。

靴を履いたまま板の間に上がり、窓に取りついた。

カーテンを少しだけ開けて、寮のほかの部屋の窓を見た。何カ所かに明かりが灯っている。

それを頭に入れて、部屋を出る。

自習室、談話室と通り過ぎる。階段室から二階に上がった。

強毒性ウイルスの感染者が収容されているらしく、建物の中に自衛隊員は入っていないようだ。

集会室と書かれた部屋から、明かりが漏れていた。

話し合う声が聞こえる。中国語だ。

「……いつまで、こんなところにいるのかな」

「ずっと閉じ込める気だ」

「そのあとは？」

「知るか。おれたちは身代わりになっているだけなんだ」

「くそ、潜水艦のやつら……」

やはり、そういうことだったのか。

推測は限りなく確信に代わった。

部屋から出てくる足音がしたので、その場を離れた。

矢島は寮から出て山に入った。注意深く山を下り、クルマを停めてある場所に戻った。

運転席に乗り込み、藪から出た。一度通った道をたどり、パトカーのいない道を走って、大学の正門にたどり着いた。自衛隊の装甲車で固められ、物々しい雰囲気だ。

テレビ中継車はおろか、記者の姿はひとりも見えなかった。警察官すらいない。

警察がマスコミの排除を受け持っているのだろう。このあたり一帯は、隔離されているはずだ。

装甲車の背後から、ぱらぱらと迷彩服を着た自衛隊員が駆けつけて来た。たちまち、五、六人に囲まれた。

「立ち入り禁止です。帰ってください」

ランクルの閉じた窓の向こうから、大声で怒鳴り立てられた。

窓を開けて、スポーツバッグを差し出す。

「インフルエンザの特効薬を持ってきた。通せ」

自衛隊員たちは、矢島が言った言葉の意味がわからないようだった。

矢島は名前を告げ、防衛省の須山防衛部長に連絡をとってもらうよう要請した。

矢島の言葉を聞き入れた自衛隊員のひとりが、後方に去って行く。

しばらくして戻ってきた。

「入ってください。誘導に従って寮に……」

最後まで聞かされる前に、矢島はキャンパス内に走り込んだ。

各所でガードしている装甲車をすり抜ける。自衛隊員に混じって、白っぽい迷彩戦闘服を着た大柄な男たちの姿もあった。みな、頭を刈り上げている。英語の会話が洩れ伝わってきた。アメリカの海兵隊員のようだ。

寮の前にある池の畔にクルマを停めた。ウイルス防護服を着込んだ自衛隊員にまたしても取り囲まれる。

抵抗する意思のないことを示し、スポーツバッグを携えてクルマを降りた。

ウイルス防護服を着た隊員の後ろから、迷彩服姿の背の高い男が進み出てきた。

所属を示すエンブレムを付けていない。やはり、陸上自衛隊唯一の特殊部隊である特殊作戦群（トクセン）の隊員のようだ。同じ迷彩服を着た男が三人従っている。

「矢島さんでいらっしゃいますか？」

男は日に焼けた顔を強ばらせ、凛（りん）とした声で呼びかけてきた。

「矢島です」

「野末（のずえ）と申します。園田統合幕僚長から連絡がございました。特効薬を持って来られたと聞いております」

微動だにせず野末と名乗った男は言った。肩に一等陸尉の階級章が見える。

「ここに」

矢島は肩に提げたスポーツバッグを指した。

すると男は一歩近づいて、

「ご苦労様でした。こちらで預からせていただきます」

と有無を言わさぬ態度で言った。

矢島は男と対峙した。

「いまは渡せない」

男の動きが止まり、鋭い目付きで矢島を見据えた。

「あなたの都合を聞いてはいない」

そうつぶやくと、まわりにいた隊員たちに目配せをした。

そのうちのひとりが矢島から、スポーツバッグを取り上げようとした。

迷彩服を着た男の右大腿部に軽く蹴りを入れた。

男はその場で腰が砕けたように、倒れ込んだ。

その場にいたふたりが、自動小銃を矢島に向ける。

掌をぱんぱんと叩く音がして、大柄な外国人が歩み出てきた。

「ノズエ、そのへん(ザッツ・イナフ)にしとけよ」黒人だ。目がらんらんと輝いている。「誰が届けようといいじゃないか」

「ありがとう」

矢島は礼を言った。

「どういたしまして。第四海兵連隊のゴメス中佐です」

がっしりした手を差し伸べてきた。矢島も強く握り返した。

第四海兵連隊と言えば、沖縄県うるま市に駐留している第三海兵遠征軍麾下の精鋭部隊だ。有事の際は真っ先に紛争地へ向かう。

ゴメスはまわりにいた自衛隊員に道を空けるように促し、自らも矢島に寄り添って歩き出した。

「水天法の連中は叩けましたか？」

矢島は訊いた。

背後の山からの銃声はやんでいるのだ。

「拳銃しか持っていない相手ですから。われわれが出る幕ではありません」

そちらは自衛隊にまかせているようだ。

「バックアップに徹しているわけですね」

「もちろん。ここは日本ですから」

矢島はふたたび声をかけた。

「でも、戦いたくて、うずうずしているように見える」

ゴメスはとぼけて、

「そうですか？　あなたこそ、戦う気満々だ」

と言った。

「見破られたか」

「あなたの噂はよく聞きますよ。部下に、あなたから拳法を習った兵隊（ソルジャー）がいます」

「それはよかった」

「あなたは我々のあいだで、ＣＡドラゴンと呼ばれている。ご存じ？」

「知っている。いい呼び名だ」

ゴメスは矢島の腕を引いた。「ヤジマサン、ここは未知のウイルスとの最前線ですよ。防護服を着なくていいのですか？」

「必要になればね。あなたは？」

ゴメスは深刻そうな顔でうなずき、

「わたしは戦車も機関銃も平気ですが、目に見えないウイルスってやつはことのほか苦手で」

とこぼした。

「人間なら皆そうだ。あなただけじゃない。わたしも怖い」

ゴメスはにやりと笑みを浮かべた。「あなたも？」

「でも、行かなくてはならないときがあるからね」

そう言うと、固まっている兵士たちの中から矢島は歩み出た。

ついてくる者はいなかった。

やはりここを警護している日米の部隊は、何も知らされていないようだ。

それだけ秘密が徹底されている証だ。

「寮内に入るのはやめておいたほうがいい」

ゴメスの声がかかった。

しかし、矢島はかえって歩くスピードを速めた。

池の畔をまわり、寮の前に達した。ウイルス防護服を着た自衛隊員がさっと避けた。

「待ってくれ」

ゴメスの叫び声がして、ふりかえると、ゴメスがウイルス防護服を着ながら、あわててついてきた。少し遅れて野末も追いかけてくる。

矢島のいるところまで来ると、ゴメスは手にした防護服を差しだした。

「あなたもこれを着てくれ」

ゴメスに悲痛な顔で言われた。

野末からも同じことを言われた。

「その必要はないよ」さらりと矢島は言った。「来るなら一緒に」

ゴメスは野末と顔を合わせ、深刻そうな顔でうなずき合うと、矢島から距離をおいてついてきた。

正面玄関から入った。先ほどひとりで忍び込んだときと同じように寮の中は静まりかえっていた。

二階の集会室の前まで来ると、ついてきたふたりに待つように促した。

ドアを開けて、そっと首を中に差し入れる。

二十名ほどの黒い髪の男たちがいっせいに矢島をふりかえった。

全員が思い思いのテーブルに腰を落ち着けている。どれも若い。横になっている者はいなかった。どの顔にも困惑と諦めの表情が漂っていた。片隅にあるテレビは映っていない。

「あんた誰？」

中国語で口々に訊かれた。

答える代わりに、

「どこの収容所から来た？」

と訊いてみた。

「牛久（うしく）だけど」

と長髪の男が中国語で答えた。

「ほかの者は？」

「成田とかいろいろ」

そこまで訊くと、外にいたふたりを呼び入れた。

防護服のチャックを完全に締めて現れ出たふたりに、いっせいに好奇の目が向けられた。

「おれたちは丸腰だぜ」中国人のひとりが声をかけた。「どうして、あんなに武器を持った人間がまわりにいるんだ？」

訊かれても、ゴメスと野末は狐につままれたような顔で答えられなかった。

「インフルエンザに罹った者はいるか？」

矢島は中国人たちに声をかけた。

「いるわけないだろ」

とあちこちから洩れた。

「風邪をひいている者は？」

中国人たちは声を大きくして、

「いない、いない。ここにいるのは、みんな元気でぴんぴんしているぞ」

さらにゴメスと野末は驚きの増した顔で中国人らに見入った。

「見ての通りだ。ゴメス」

矢島は黒人の中佐に声をかけた。

「こいつらは」ゴメスは言った。「潜水艦から救出された連中じゃないのか?」

「訊いてみるといい。入国管理局が所管する各地の収容所に入れられていた連中だよ。たぶん、中国へ強制送還されるのを待っている人間たちだ」

潜水艦の乗組員に見せかけるために、きょうになって、あわててかき集められたのだろう。

「そういうことで、これはまだ預かっておく」

矢島は肩に提げたスポーツバッグを叩くと、部屋をあとにした。正面玄関から外に出た。

ゴメス中佐がついてくる。

「ヤジマサン、いったいどういうことなんだ?」

「軍の上層部……いや、東京のアメリカ大使館にいるCIAの局長に訊けばわかる」

「CIA?」

ゴメスは目を丸くしてその場に立ち尽くした。

「野末さん」歩きながら矢島は声をかけた。「ひとつ頼みたいことがある」

野末はあわてて横についてきた。

「おれを運んでもらいたいところがある。行けそうか？」

「ど、どちらへ？」

「津軽海峡」

「海……ですか？」

突風に体をあおられた。黒々とした厚い雲が空を覆っている。

海上はなおさら厳しいだろう。

「そうだ。時間がない。急いでもらいたい」

「ヘリが待機しています」

「それで頼む。パイロットは腕がいいのを。この嵐だからな」

「津軽海峡のどこへ？」

「飛べばわかる」

野末は混乱した顔で、無線機のマイクに手を伸ばした。

14

ブラックホーク（UH-60）は、北風をもろに受けて激しく揺れていた。キャビンの天井は低く、粗末な椅子に腰掛けた矢島の尻は、ブランコのように右に左に持っていかれる。外れかけたシートベルトを締め直す。体ごと放り出されかねない。

薄っぺらい窓の百メートル下方には、津軽海峡の海が白い波頭を立てているはずだが、そこは一面、漆黒の闇で何も見えなかった。

自動小銃を股にはさんでいる野末はひと言も発しない。いまにも吐き出しそうな真っ青な顔付きだ。

海上に出て二分が経過した。交信が頻繁になった。黒い海面のあちこちに、漁り火(いさりび)のような灯火が見えてきた。展開している日米の艦船の明かりだ。

「こちら、ヒーロー、ちはや、目視(インサイト)」

耳に入れたインカムに、ヘリの操縦士の声が響く。

「こちら、ちはや、少し待て(スタンバイ)」

「そちらの天候(クライメット)は?」

「風105度、18ノット……左旋回して機首を30度に向けよ」

「了解」

機体が真横に倒れるほど傾き、旋回がはじまった。

「風がよく(ウインドカム)なった。着艦を許可する(クリアトゥランド)」

「了解、アプローチ入ります」

ぐんぐん下降していく。

自衛艦らしい船のシルエットが薄闇の中に浮かんできた。見ると白い波が針のように砕け散る海面が、手に届きそうなところまで来ていた。

ふいに明かりに照らし出された赤い○（まる）の描かれた平面が出現した。

潜水艦救難艦〝ちはや〟の後部にあるヘリコプター甲板だ。

その真上に達すると、空中でホバリングをはじめた。右に振られ、左に振られ、なかなか着艦できない。タッチダウン寸前、大きく機体が右に傾いた。かろうじて立て直す。水平になった。バウンドするように機体が上下した。ふいに揺れは収まった。着艦できたようだ。

シートベルトを外していると、扉が開けられた。ちはやのクルーが顔を見せた。降りるように促され、特効薬の入ったスポーツバッグを背負って甲板に降り立った。とたんに風にあおられた。エスコート役の野末に別れの挨拶を送り、姿勢を低くしてクルーのあとについた。ヘリは飛び去っていった。

途中から士官に案内され外甲板を歩いた。波しぶきが顔に当たる。シートにくるまれた大きな釣り鐘状の救難具が置かれてあった。外階段を上り、艦橋（ブリッジ）に入った。ほっと息をつく。

広い。ずらりと窓が並び、操艦要員たちが前方をにらみつけていた。

さらにそこから内階段で一階分上がった。

艦橋と同じ広さのスペースは、無骨そうな機械類で埋め尽くされていた。通路を進んだ左手に大きめの作業デスクがあり、奥まった席に、幹部用の黒い作業用制服を着た男が座っていた。胸に〝潜航長 大村(おおむら)〟のワッペンが貼られている。

その右手に銀縁メガネをかけた警察庁長官官房審議官の宮木の生白い顔があり、向かい側には、イザベラが緊張した面持ちで矢島を見ていた。

市ヶ谷の防衛省にいた須山防衛部長の顔もある。

それ以外にも軍服を着た男が数名いた。張りつめた空気がみなぎっている。

宮木が席を離れ、矢島を末席に案内する。

「おまえを招待した覚えはないぞ」

と耳打ちしてきた。

「これを待っていたんじゃないのか」

矢島は答えた。

特効薬の入っているスポーツバッグを叩く。

宮木は根負けしたように、

「ここが潜水艦の救難指揮所になる」

と言い、奥まった席にいる救難指揮担当の大村以下、ちはやの幹部ら五名を矢継ぎ早に紹介した。

「官邸にいなくてもいいのか?」

矢島は小声で言った。

「何なら総理大臣をここに呼び寄せるか」

と宮木は突っぱねる。

「イザベラ」矢島は声をかけた。「青森国際大学には行かなくていいのか?」

「海兵隊にまかせているわ。問題はこっちでしょ」

イザベラはたどたどしい日本語で答えた。

厳しい顔付きを崩さない。

「暗号は解けたか?」

矢島は須山に訊いた。

須山は怪訝そうな顔で矢島を見つめる。

「クリーニャのことだ。『まだ、開かない』と言ってきたはずだが」

「まだ解析中でして……」

と須山は言葉を濁した。

矢島は座を見渡し、

「ここの状況を知りたい」

と呼びかけた。

すると、宮木が潜航長の大村を呼びつけた。

日に焼けたシャープな顔立ちだ。

大村は背後にある大型液晶画面に、レーダー画像を表示させた。北海道福島町の吉岡沖十キロのところにある赤い点を指す。「現在、われわれがいる地点です」

「原潜はこの真下に？」

大村は重々しくうなずいた。「そうです。408号です」

赤い点を中心にして、半径二キロの円内に、海上自衛隊と海上保安庁の艦船が合わせて十三隻、米軍はミサイル巡洋艦をはじめとして、第七艦隊の艦艇が十隻。日米合わせて二十三隻の船が展開していた。

その外側には識別不能の船が多数浮かんでいた。禁止命令が出たにもかかわらず、漁船が操業しているのだ。

「メッセンジャー・ブイは上がっているのか」

潜水艦が海底に沈没した場合、そこから海上に目印となるブイを上げるのが国際的な慣習だ。

「いえ、上がっていません」

やはり、全員インフルエンザで倒れているのか。

「中国海軍の動きはどうなっている?」

大村は別の海域の画像を表示させた。

中国海軍は昨日のウラジオストック沖から西寄りに場所を変えていた。日本の排他的経済水域ぎりぎりのラインに近づいている。

「沈黙を守っています。互いの船の交信すらしていません」

「潜水艦を見せてやってくれ」

宮木が言うと、大村に鉄の塊のようなコンソールボックスの前に連れていかれた。大村は操作卓に座り、ジョイスティックを握りしめながら、コントロールボタンを押す。

画面に真っ黒い鯨のようなものがサーチライトに照らされて映し出された。

「いま現在、海底に着座している中国原子力潜水艦です」大村は言いながら、ジョイスティックを操る。「このように無人潜水装置で撮影しています」

画面は潜水艦の横をゆっくり動いていた。核弾道ミサイルの格納庫部分にある穴がはっきりと見える。

「艦は海底段丘のひとつに着底しているはずだが、正確な場所は？」

「このあたりの海底段丘は、吉岡から十層ほどの階段をへて、最深部の二百メートルまで落ち込んでいます。そのうちの五つめの段丘の先端部分に、艦首を東に向けて着底しています」

「全体を見たい」

矢島が言うと、大村はジョイスティックを動かした。無人潜水装置を潜水艦から遠ざけてから、ふたたびそれを映した。黒々とした鉄の塊が焦げ茶色の岩棚の上に乗っていた。岩棚の先は切り立った崖のようになり、さらに海底深く落ち込んでいる。

艦橋部分は前寄りだ。中央にかけて核弾道ミサイルの格納庫部分がこんもりと盛り上がっている。写真では見ているが、現物は異様だ。

「深度は百十一メートル」大村が言った。「艦尾が九度下がり、右舷も六度傾いています」

「海流は？」

「津軽海峡東側から6ノット。水温は十八度です」

日本海側から太平洋側へ流れているのだ。川と同じ。かなりの速度だ。

「いま原潜に乗組員は残っているのか？」

矢島が訊くと大村は沈黙した。

「いるのか、いないのか？　どっちなんだ」

「一時間ほど前、中からＳＯＳのハンマー音が聞こえました」

「ハンマー音？」

「原潜の中にいる誰かが、金属製のもので艦の内部を叩く音をうちの護衛艦がキャッチしました」

「ほかに物音はしないのか？」

潜水艦の内部で、何らかの音が発生すれば、海上にいる護衛艦が感知するはずである。

「ほとんどありません」

ないとはどういうことだ？

人が生きて生活していれば、何らかの音を立てるはずだ。

「電波の交信は？」

ふたたび矢島は訊いた。

大村は首を横にふった。「無線ブイを上げていません」

潜水艦が地上と交信するためには、無線アンテナのついたブイを海面に上げなければならないが、それもしていないようだ。

「原子炉はどうなっている？」

「停止したままです」

海底に沈んでから三十時間以上経過して、酸素も残すところ六時間あまり。

作業デスクに戻り、暗澹（あんたん）たる表情を見せている宮木の前に腰を落ち着けた。

「もう、乗組員は全員救出したんじゃないのか？」

矢島は改めて訊いてみた。

潜航長の大村の、丸っこい顔が矢島を見据えた。「実を言うと、まだ全員、艦内に残っているんですよ」

ある程度予想していたが、実際に現場の責任者から聞かされて、矢島もしばらく言葉が出なかった。

「寮に入っているのは囮（デコイ）よ」

イザベラが口をはさむ。

矢島は気を取り直して、大村の温和そうな顔を見た。

髪を短く刈り上げている。潜水艦乗りが、いざというときに頼りになりそうな風貌だ。

「ではこのまま、原潜がもう一度動き出して津軽海峡を去って行くのを見守るだけか？」

矢島は訊いた。

大村は宮木を気にしながら、

「そうなると一番いいと思っているんですがねぇ」

と答えた。

「新型インフルエンザで倒れている乗組員が多いはずだが」矢島は続ける。「病気に罹っていない操船要員は残っているのか？」

「それはわからない」大村は困り果てた様子で言った。「やはり、多くが倒れていると見ておいたほうがいい……ともかく狭い空間だ。全員が感染している可能性も捨てきれない」

「感染どころか、生死の区別はどうなっている？　致死率が五十パーセントを超える強毒性らしいが」

矢島がつけ加えると、大村はさらに困惑した表情を見せた。

「ひょっとして、すでに全員死亡？」

ふたたび矢島は訊いた。

返事をする者はいなかった。

「時間がない」矢島は言った。「どうする気なんだ？」

宮木も須山防衛部長も押し黙ったままだ。

「あなた方は原潜の乗組員を全員、救出する覚悟でいるんじゃないのか？」矢島は続ける。「そのために、この潜水艦救難艦に顔を揃えているはずだ」

搭載されている深海救難艇（DSRV）を使って救出するのだ。

国を代表する官邸から宮木が派遣されているのが何よりの証左だ。

「できればそうしたいと思っているが」宮木が歯切れの悪い調子で続ける。「ことは予断を許さない」

実際に救出に取りかかってみなければ、わからないということか。

「中国側からの情報がいっさい入ってきません」須山防衛部長が口を開いた。「沈んでいる原潜の中で何が起きているのか、さっぱりわからないのです」

「だからといって、このまま手をこまねいているわけか？　官邸は野党やマスコミから突き上げを食らっているんじゃないのか？」

矢島は訊いた。

「へたをすれば対中開戦という事態もあり得ないわけではない」宮木が答える。「慎重の上にも慎重を期して当たらねばならん」

「そんな悠長なことを言っていて、乗組員の命が保（も）つのか？」矢島は言った。「いったい、どうする気なんだ？」

そのときドアが開いて、スーツ姿の男たちが数人入ってきた。その中に見覚えのある横顔が垣間見えた。

機械類を回り込み、その男が作業デスクに近づいてきた。

「すっかり、お待たせしたようで」

べっこう柄の細長いメガネの奥で、狡猾そうな目を光らせて蔡は日本語で言った。

蔡は矢島に一瞥をくれてから、興味深げに機械類を眺めだした。

その登場が意外に思えたが成り行きを見守った。

宮木が先んじて訊いた。「中国海軍は４０８号から連絡を受けたのですか？」

海底からでも、超長波の電波を使えば、数文字程度の情報を地上に送れるのだ。

「まったくありません」蔡は答える。「困ったものです」

「あなた方は、どうするつもりなんですか」

宮木が怒気の混じった声で訊いた。

「さて、何と答えるべきでしょうな」蔡はずるがしこい顔で続ける。「われわれとしても、これ以上の迷惑はかけたくないと思っています」

蔡は角にあるひときわ大きなコンソールボックスの前に立った。「これが救難艇のモニター装置かね？」

「それがどうかしましたか？」

大村が言った。

「この指揮所に来る途中、ＤＳＲＶを見させてもらったが、なかなかのものじゃないですか」蔡は続ける。「一刻も早く動かしてもらいたいものですな。われわれのＤＳＲＶを乗せた救難艦はずっと遠方で足どめを食らっている」

「中国艦隊がいまの場所から一センチでも動いたら、本物の戦争になりかねない」

宮木が吐き捨てるように言った。

「だったら、一刻も早く救出してください」

宮木は重たげに腰を上げた。「そのためには、あなた方の協力を仰がなければならない」

「何なりと仰っていただければ」

さらりと蔡が口にする。

「艦長の張志丹（チャンチィダン）について知りたい。ことに政治的な関心について」

「政治的な野心を持ち合わせているかどうかですか？」

「それも含めて、彼の性格や軍の中で置かれた位置、その将来についてです」

「答えは簡単ですな。彼は中国共産党の忠実な党員です。それ以上でも以下でもない」

宮木は食い下がろうとしたが、あきらめたようだった。

「乗組員の数を知りたい」

と質問を切り替える。

「お答えできかねます」

宮木の顔に憤怒の色が灯った。「……必要最低限の情報がいる。再三申し上げているはずです。救出するにせよ、408号の艦内図が必要不可欠だと」

蔡は一歩引いたような感じで、

「これは異なことを。脱出ハッチの場所もご存じないのですか？」

「それぐらいは、わかってます。ハッチの形状も」

大村が口をはさむ。無人潜水装置で確認ずみなのだ。

「だったらそれだけで十分ではありませんか。われわれとしても、できることとできないことがある。そのあたりは、わきまえていただきたいものですな」

中国側とすれば原子力潜水艦の中身をさらけ出すような真似はできないのだ。

「だったら、無理です。救出など夢のお話になる」

宮木がぴしゃりと言った。

「それでは世界中から、日本は病気の潜水艦乗組員らを見捨てたと囂々たる非難が沸き起こりますよ」

不毛なやりとりに矢島は苛ついた。

「生死はともかく、まずは、人道上の措置を優先させるべきじゃないのか」矢島はスポーツバッグを開けて、中に入っている特効薬を見せた。「これを潜水艦に届けるしかない」

大村が唾を飲んだ。蔡が首を伸ばすように特効薬に見入っている。

「助けることはやぶさかではない。ただし条件がある」宮木は興奮を押し殺して続ける。

「防疫処理を施すため、いったん乗組員は全員、潜水艦から出す」

「いいでしょう。ただし、艦内の撮影はもちろん、機器類の操作は絶対に行ってはならない。いいですね？」

「わかっています。スイッチひとつ触りません」

「念のために、立ち会わせてもらいます。そのあと、もう一度乗り込ませて現在地を離脱させます」

「それでいいでしょう。ただし、スムーズな作業にはどうしても艦内図がいります」

宮木は蒸し返した。

「408号の艦内図はここにある」蔡は自分の頭を指して言った。「通訳もいります。わたしが中を案内します。さあ、ぐずぐずしないで行きましょう」

「夜間は動かせません」

きっぱりと大村が言った。

蔡は不可解な顔で、

「日本ともあろうものが……。いいでしょう。いつからはじめますか？」

大村は宮木と須山、そしてイザベラの顔を見てから、

「オペレーション開始は日の出に」

と伝えた。

「承知した。わたしが乗り込みます」

蔡の申し出に反論はなかった。潜水艦に乗り込むのに、中国政府関係者は欠かせないからだ。

「同行させてもらう」

矢島が言った。

「通訳はひとりでいい。ふたりいらん」

宮木が不服そうに言う。

「瀕死の人間に直接、特効薬を飲ませるのが、今回の最後のミッションになる。金はいらない」

きっぱりと矢島は言った。

「いいじゃないですか、宮木さん」蔡は皮肉たっぷりに口にした。「いざというとき、頼りになりますよ、彼は」

15

東の空が白みだした。午前五時。

格納庫から船の中央部に引き出された深海救難艇（DSRV）の丸い船体がスポットライトの光を浴びて、灰色の輝きを増していた。長さ十二メートル。四十トンの排水量があり、ふたりの乗員と合わせて、定員は十四人。

鋼鉄製の丸い玉を三つ串刺しにした形で、それを外殻（がいかく）で覆った複殻（ふくかく）構造だ。深海での水圧に耐えるため、小さなのぞき窓しか付いていない。艇の前側上部に付いたカメラが目の役割を果たす。

ちはやの船体中央部には海に通じる穴（センターウェル）があり、ワイヤーロープを使って発着架台に乗せられたDSRVを揚げ降ろしするのだ。

矢島はコンバットスーツの上から、だぶついたウイルス防護服を着込んだ。頭からすっぽりとフードをかぶり、ゴーグルとマスクを装着する。ぴっちりしたゴム手袋をはめた。ブーツを履いて赤く塗られた上部ハッチから、はしごを伝って中に入った。

床はラバー製になっていた。真ん中に穴が開いていて、その下に開閉用のハッチがある。それを取り囲んで座り込む形だ。

上側に深度計などの計器類が並んでいる。

大村が先に乗り込んでいた。ほかにも特殊作戦群（トクセン）の隊員が三人乗り込んでいる。このうちのひとりは医官だ。医療器具の入ったリュックサックを背負い、中国語で〝医生〟と書かれた腕章を腕に巻いている。医官を除いた二人は、ウイルス防護服を着て、閉所での戦闘に有利な短機関銃ＭＰ５を携え完全武装していた。

矢島は腰ポケットに護身用として収めているベレッタ一丁のみ。

前方の操縦席に乗り込んでいるふたりの操縦士は、計器類のチェックに余念がない。

矢島は大村の隣にしゃがんで、肩に提げていたスポーツバッグを膝の上に載せた。目の前にいた隊員がゴーグルを外しマスクを下ろした。

広い額と太い眉。吊り上がり気味の細い目が、不敵な笑みをたたえている。

まじまじと正面に座る男の顔に見入った。

染谷、と洩らしそうになった。どうにかこらえる。

シリコン丸の店内で見て以来、ずっと水天法一味と行動をともにしていた謎の日本人。どうしてこんなところに？

矢島の疑念に気づいたらしく、大村が男に向かって、

「染谷、きちんと自己紹介しろ」

ときつい口調で言った。

男は薄ら笑いを浮かべたまま、

「染谷克則三尉です」

と低い声で言った。

「ご存じかもしれませんが」大村がヘッドセットを外して囁きかける。「彼は〝別班〟の作業員です」

「別班……陸幕の？」

首相はおろか、防衛相すら関知しない情報活動にたずさわる陸上幕僚監部情報部長直属の秘密機関。通称、〝別班〟。違法な手段による諜報活動も許されている自衛隊の唯一無二の極秘部隊だ。

「水天法に潜入していたのか？」

矢島が小声で訊くと染谷は、指を二本立ててうなずいた。

二年前から潜入していたようだ。

昼間格闘したときの疑問が解けた。

あのときわざと負けて気絶したふりをしたのは、水天法から一時離脱するためだったのだ。

まっすぐ覗き込んでいる染谷の視線を感じて、矢島はざわざわと肌が粟立った。

ひょっとして、水天法一味を青森国際大学の寮に導き、自衛隊と衝突させるようにしたのも、この男の仕業か？　一味の解体に向けて、故意に誤った情報を流したとしたら……。

自衛隊の仮想敵国は北朝鮮に次いで中国が来る。その中国政府が撲滅に躍起になっている邪教集団に、そこまで食い込んでいたとは……。敵の敵は味方のロジックか。いくらスパイとはいえ、そこまで浸透するものか。

しかし、この男がどうしてこの場にいる？

「隊員にも中国語のわかる人間が必要ですから」

と大村がつぶやいた。

染谷は中国人の中にいたのだから当然、中国語はできるだろう。

「染谷、ひとつだけ教えてくれ」矢島は言った。「水天法の教主はどこの誰だ？」

染谷はにやついた表情のまま、矢島を見ていた。

二年間も水天法の中にいたのだから、教主の顔ぐらい見ているだろう。ほかの人間がいるから話せないのか？

……いや違う。

ほかの人間にも話していない。そう直感する。

もうひとりの隊員が顔を見せ、「高木（たかぎ）一等陸曹です」と自己紹介した。

色黒で目の大きな顔だ。

大村は海上自衛隊所属。高木は陸上自衛隊。そして、染谷は〝別班〟。急拵（ごしら）えの混成部隊だ。

はしごから中国大使館の蔡（ツァイ）参事官が下りてきた。

大村が場所を空けたので、矢島の隣に蔡がちょこんと腰掛けた。

こちらもウイルスの防護服を着ている。

耳に付けたヘッドセットから、宮木の声が流れた。「無線テスト、メリットは？　どうぞ」

全員が肩口にあるＰＴＴボタンを押し、「良好」と答える。

「戦闘は避けるように」宮木が言う。「船内の状況を判断した上で、撤退するときは速やかに行え」

「了解しました」

隊長役の大村が答える。

いったいこれは救出なのか、それとも急襲なのか……。

前にいる正操縦士が短く声を発した。「発進っ」

同時に上からハッチが閉められた。ぐらっと揺れたかと思うと、艇が下降をはじめた。上にあるモニターに視線が集まった。艇に取り付けられたカメラから送られてくる映像が映し出されている。艇の外側の様子だ。

艦に取り付けられた波を鎮める制波板が見えてくる。海面がその根元に来ていた。軽い衝撃があった。みるみる海面が近づき、細かな泡とともに海中に没していた。三十メートルほど下降した。

操縦席のふたりは、びっしりと目の前に張り付いた計器類を見ながら、それぞれ両手で操縦レバーを握りしめた。バッテリー駆動のモーターが動き出す音が響いた。

「発進」

操縦士の声がしたかと思うと、うしろに引っ張られるように艇が動いた。

「微速、後進」

速度計の表示は四ノット。発着架台から離れて、単独航行をはじめたようだ。海流と並行し、遡上（そじょう）する形で後退している。

大村が左手を前に差しだした。「これが４０８号とします。われわれが乗るこのビークルは」大村は右手を左手の上に交差させる。「潜水艦の艦橋（セイル）の前にある脱出口の上に、艦と直角になるようにドッキングします」

「中国の原潜でもドッキングできるのかね？」

蔡が訊いてくる。

大村はうなずいた。「安心してください。この艇は世界中のどの潜水艦にでも可能ですから」

蔡は疑わしげな目で大村を見たが、それ以上言わなかった。

４０８号のおおまかな構造は、救難艇に乗る前に大村から教えられた。

「なーに、中国の原潜なんて旧ソビエトの原子力潜水艦をそっくり真似て造っているだけですから」と大村は言った。「わたしも十年以上潜水艦に乗り込んでいましたが、しょせん、潜水艦は潜水艦。艦橋の真下に指揮を執る発令所があり、それから前が魚雷室と乗組員が暮らす居住区や食堂。艦橋からうしろは、弾道ミサイルと原子炉やらタービンやらの機械でびっしりつまっているはずですよ」

そう言いながら推測の図面を見せられたのだ。

艦の前部には魚雷室のほかにソナー室、無線室。船の中央部分に十二基の弾道ミサイル発射管があり、さらにそのうしろに、原子炉や機械室がある。

船の内部は、四層構造になっている場所もあるはずだという。

ドッキング予定の脱出口は艦橋部分のすぐ前側だ。

「つかまってください」

操縦士の声が響いた。

同時に艇が前方に傾き、そのままの姿勢で下降しはじめた。

喉元(のどもと)に苦いものがこみ上げてくる。

「やってられないねぇ」

蔡がつぶやいた。

百二十メートルの深さまで、一気に潜るのだ。

中国政府の命令とはいえ、軍人ではないから辛そうだ。

「本艇が成功すれば、あとが続く」

大村が言った。海上自衛隊はもう一隻、救難艇を待機させているのだ。米軍も同様に二隻、救難艇を用意している。日本の救難艇が一度に救出できる人員は十二名だが、米軍の救難艇は一度に最大二十四名を収容できる。四隻の救難艇が交互にドッキングを繰り返し、その都度救難母艦近くで浮上し、それぞれの母船ではなく海上に待機している救命ボートに乗せ替える作業をすれば、救助そのものは速やかに終わる。

大村もほかの隊員も、それ以上口をきかなかった。

深度が深まるにつれて緊張が高まる気配がありありと感じられた。

16

操縦士はドップラーソナーとテレビカメラに首っ引きで操縦レバーを握っている。ソナーと目視以外に、潜水艦を見つけるすべはない。

矢島は深度百メートルまで達する四分間を身じろぎもしないで耐えた。

そのあと艇は進路を左右にふりながら、少しずつ傾きを抑え、やがて水平になった。水深は百十メートルを超えていた。暗い。海流が強かった。泳ぎ回る魚とともに、猛スピードで流れ去ってゆく藻屑が外を映すモニターに映っている。

操縦士はレバーを強く握りしめ、海流に流されないよう、必死の形相で艇のコントロールをしている。

外を映すモニターに、断崖のようなものがライトに照らされて映し出された。海底に突き出た海底段丘の先端部分だ。砂の積もった大小無数の岩や亀裂が走っている。先端から先は、崖さながらに落ち込み、いくつかの段丘をへて最終的に水深二百メートルに達するはずである。

海の底からマアジの大群がさかのぼって、腹の銀鱗(ぎんりん)を翻しながら目前を通り過ぎる。黒っぽい刃のようなものが見えてきた。原潜のスクリューだ。

「こちらＤＳＲＶ、４０８号を確認」

「ちはや、了解。注意深く接近せよ」

「ＤＳＲＶ了解」

原潜の後方右手から、ゆっくりと近づく。４０８号の黒々とした胴体部分は段丘の突先(とっさき)に、かろうじて乗る形で着底していた。横へ五メートルずれれば、さらに深い海底部分へ落ちて行ってしまったはずだ。

長いこぶのように張り出た弾道ミサイル搭載部分の横を舐めるように進む。ミサイル発射時の圧力を外に逃がす無数の穴がはっきりと視認できた。艦体の三分の二ほど進むと、丸っこい艦橋(セイル)とその左右に取り付けられた潜横舵(せんおうだ)が真横に来た。

脱出口はこのすぐ前だ。

操縦士が艇の速度をゆるめた。

左手から来る海流に押されて、とたんに艇の揺れがひどくなった。あわてて、操縦士が推力を上げ、舵を切る。どうにか体勢を立て直し、取り舵をとった。艦橋を回り込むように、正横方向から脱出口に近づく。

モニターに黒々とした潜水艦を覆う外殻が映っている。丸い亀裂がかろうじて見えた。脱出口のようだ。

そこを通り過ぎてから、艇は止まって、ゆっくり後進した。

海流に押されて、なかなか艇が静止できない。脱出口が見えたかと思うと、すぐそれは見えなくなった。低速すぎて舵がきかなくなった。

操縦士は額に汗を浮かべて、低速時用のスラスターを操り、微妙な姿勢の制御を続ける。モニターに映る脱出口がほぼ静止した。

「DSRV、間もなく前部ハッチに着底する」

「了解、前部ハッチに着底せよ」

ふたりの操縦士が互いに声を掛け合い、めまぐるしく動く。

艇の揺れが少しずつ収まる。脱出口がみるみる近づいてきた。

緩衝装置の下でわずかな音がした。モニターが消えた。艇の動きが止まる。

「……前部ハッチに着底した。アンカー固定」

「了解、状況を知らせろ」

「深度百十二メートル、ピッチ角アップ・コンマ六度、ロール角右コンマ五度、視界八メートル。ただいまより救助を開始する」

「ちはや、了解」

操縦士が自動操縦装置を作動させると、艇はほぼ完全に静止した。

「スカート内の海水を排水」

「了解」

手際よく操作が行われ、ドッキングした緩衝部分に入り込んだ海水が、艇の格納容器に吸い込まれる。

操縦士がこちらをふりかえった。「ハッチオープン」

大村が下にあるハッチの取っ手をつかんで回した。引き上げる。

ハッチが開いて一メートルほど下に、下部ハッチが見えた。

そこに下りて、大村はふたたび慎重にハッチを開けた。おそるおそる、引き上げる。

水に濡れた黒々とした鋼鉄があった。原潜だ。六十センチほどの丸い溝がついている。

溝の左右にある引き出し部分をつまみ上げると、埋め込み式の取っ手が出てきた。それをつかんで引き起こすと、蓋(ふた)が開いて脱出ハッチが現れた。

大村は顔を上げて見下ろしている全員をふりかえった。「装弾」

ふたりの隊員が短機関銃に弾倉を差し込んだ。

「開けるぞ」

ふたたび大村が言った。

「了解」

隊員が固唾(かたず)を呑んで答える。

大村はそれまで以上に慎重に取っ手をつかんで、回した。

空気の抜けるような音がして、ハッチが開いた。それを引き起こす。

黒々とした脱出口の筒が覗いていた。取り付けられたはしごに、水滴がしたたり落ちる。

三メートルほど下に床が見えた。

隊員のひとりが紐のついたガス検知器と放射線測定器を下ろす。

すぐ引き上げて、数値を見た。

「メタン、一酸化炭素、硫化水素、その他可燃性ガスの反応なし。酸素は正常値です。放射線も異常なし」

異常はないようだ。

「エアよし」

大村は言うと、躊躇することなく脱出口の中に身を落とし込んだ。

続けて四人の隊員が入り、蔡が続いた。

いよいよだと思った。矢島は思いきり息を吸ってから最後に下りた。

白色灯の淡い光が灯っていた。

脱出口の下は左右にハッチのついた扉があった。どちらも、開いた状態でロックされていた。不用意に閉まると音が発生してしまうからだ。扉の裏はゴムできっちりと裏打ちされている。水密性は完璧だろう。

ふたつの扉にふたりずつ、隊員が張り付いて銃口を内側に向けていた。

防護服のせいでどれが染谷なのか、見分けがつかない。

ひとりの隊員が無線の中継器を壁に貼り付ける。これで、ちはやとの連絡が続けられるのだ。

大村が蔡の袖をつかんだ。どちらの方向へ行くべきか、案内を乞うているのだ。

蔡は迷わず右を指さした。艦橋の方向だ。

そこには、艦の中枢部に当たる発令所があるはずだ。

すると大村は、そちらの方向の水密扉を閉めるように命令した。

隊員が扉を閉めてロックをかける。

指示に逆らうような行動に、蔡が色めき立った。「発令所に行かないのか?」

「艦の前を確認してからだ」

大村は言うなり、四人に進むように命じた。

医官をしんがりにして、四人が素早く扉の奥へ入って行った。

矢島はそのあとに従うしかなかった。

床にはシートが敷き詰められていた。こちらも靴音を立てないための処置だ。

狭い通路の壁面にパイプが這い回っている。それにしても暗い。蚕棚（かいこだな）のような三段ベッドが左右に連なっていた。兵員居住区のようだ。

医官がカーテンをめくるのを、矢島は息を詰めて見守った。

人の姿はなかった。次から次へとカーテンをめくる。

どのベッドも空だった。しわひとつ寄っていないシーツが現れるだけだ。

ベッドの数は三十ほどあるだろうか。ところどころに消臭剤が置いてある。

シーツに触ってみた。冷たい。

インフルエンザに罹っているならば、ほとんどの兵員はここに横たわっているはずである。それがいない。

抱いていた推測が確信に近づいた。

ベッドの下にある個人用の引き出しをあらためる。

下着類や制服がきちんと折りたたんで入っていた。

ベッドの数からして、兵員居住区はここだけではないだろう。

前をゆく隊員たちは、トイレがあるたび中を確認している。

ひとりの隊員が床から光るものを拾って、腰ポケットに入れた。横顔から、高木一等陸曹だとわかった。

高木が拾ったものの形を思い起こした。

あれは……薬莢。

前方に部屋があり、機械の制御盤らしきものが光を放っていた。

開けられた水密扉に取りついた隊員が中を確認する。

そのまま中に入って行った。ほかの隊員が続く。

覗き込むと灰色の長い魚雷が積まれた棚が見えた。魚雷室のようだ。

魚雷を装塡するためのレールが張り巡らされ、細かな管とレバーに取り巻かれた魚雷発射管が三門鎮座していた。

魚雷の操作卓がある先に別の水密扉があった。大村が隊員に声をかけて、そこを調べて来るように命令した。

ふたりが素早く水密扉を開けて中に入って行った。そのうちのひとりの横顔から染谷だとわかった。

床に軍手とペンチがひとつ落ちていた。その近くに修理器具の入った道具箱が開かれたまま置かれてある。ペンチが転がれば音が発生する。

音に最大限の注意を図る潜水艦にしては、お粗末だ。

修理していた人間が、あわてて出て行ったような感じもする。

それを見ていた大村が、

「あんなものをほったらかしにしておいたら、うちなら営倉ものですよ」

とつぶやいた。

蔡は黙って見ているだけだ。

ふと、その染みに気づいた。魚雷の積まれた棚の空きスペースに、ゴムマットが敷かれていた。ちょうど人が寝る長さだ。そのマットの中ほどに、赤っぽいものが付いているのだ。指でこすってみたが、固まっていて剝がれなかった。しかしこれは……人の血に間違いないだろう。

またひとつ、矢島は抱いている推測が真相に近づいたと思った。

この艦の中で起こっていること……。

大村にはむろん、蔡にも訊けなかった。

前室を調べていたふたりの隊員が戻ってきた。

高木が報告する。「ソナー室です。異常ありません。それから先に部屋はありません」

「了解。引き返すぞ」

大村が号令をかける。

全員で入ってきた通路をとって返した。

脱出ハッチの下に戻り、いったん閉めていた扉を開けて中に入った。

頭からウイルス防護服をかぶっているせいで、動くと息が苦しくなる。

狭い通路の左手に隊員が消えた。

あわてて、それに従った。

部屋は無線機器類で埋め尽くされていた。デスクの前に椅子が二脚。

ヘッドセット型のマイクが、ふたつ放り出されていた。

通信記録の台紙が開かれたままになっていて、ボールペンが床に転がっている。

台紙には何も書かれていない。

拳銃の発射音がした。突然だった。腰ポケットからベレッタを取り出し、スライドを引く。

扉の影からそっと覗いてみる。

階段があり、その中段に隊員がこちら向きでかがんでいた。防護服の曇りがかったビニール越しに目をこらした。大村だ。

その背後で、紺の制服を着た男が、大村の首を背後から抱きかかえるようにして、頭に拳銃を突きつけていた。

92式自動拳銃。中国人民解放軍の制式拳銃……。

原潜の乗組員だ。こんなところにひとりで、何をしていたのか。

大村は恐怖の宿った目で、凍り付いたように動けないでいた。

ぱんぱんと後方から銃声が響いた。階段にいたふたりが、崩れるように落下した。重なり合うように床に転がる。

うしろをふりかえった。染谷の細い目と合う。

まだ医官と高木は部屋に入ってきていない。染谷が撃ったのだ。しかも、ためらうことなく。

矢島は部屋から出て前方に拳銃を向けた。ほかの乗組員の姿は見えない。階段の上に人の気配はなかった。

床に伏した中国人乗組員の首に手をあてがう。事切れていた。

遅れてやって来た医官と高木に手伝わせて、上になった死体をどかし、仰向けにさせた。右胸に中国語の氏名が記されたワッペンが貼られている。原潜の乗組員に間違いない。大村の白い防護服の背中に大きな穴が開き、そこから鮮血が噴き出ていた。

医官は見下ろしたまま、何もしようとはしなかった。

うぐっ、と呻くような声がしたかと思うと、大村の体が動かなくなった。

矢島は防護服のチャックを開けて、首の脈を調べた。反応が消えていた。

蔡が後ろの物陰から顔を覗かせている。

「た、ただいま敵と遭遇。大村隊長が戦死」

医官がおびえた声で、マイクに吹きかける。

「了解」

須山防衛部長の声。冷静だ。

高木が染谷をにらみつけている。

「染谷」矢島は呼びかけた。「待てなかったのか?」

染谷はそれを無視して、

「先を急ごう」

と背を向けた。

矢島はその腕を取ったが、染谷は軽くはずして、ふりかえった。

「大事の前の小事。さあ」

言うなり、さっさと歩き出した。

高木は仕方なさそうに肩をすくめて、それに続いた。

矢島は大村の小銃を取り上げ、ふたりに続いて階段を上り狭い通路を通った。紐がつるされバナナが架けられている。開けた場所に出た。

四つの長いテーブルが並んでいた。食事用のプレートがたくさん置かれている。どのプレートも大きい。炊いた白米と野菜と肉の炒め物と麻婆豆腐がこんもりと盛りつけられていた。同じ数の唐辛子とトウモロコシの実が入ったスープが入った容器。どれもほとんど手つかずだ。容器ごと床に落ちて、あたり一面の床に飛び散っているところもある。

少なくとも強毒性のインフルエンザが流行っていた空間とは思えない。

調理室と思われるスペースの手前だ。

横たわる複数の紺色の制服が見えた。

胡麻油の臭いに混じって、かすかに硝煙の臭いが漂っていた。

壁のあちこちに弾痕が刻みつけられていた。かなりの数だ。

調理室の中を覗き込んだ。思わず目をそらした。

大人数の制服が折り重なるように倒れ込んでいた。どれも、一センチと動いていなかった。

もう一度目をそこに向けた。

制服のあちこちに銃で撃たれた痕が見えた。生きている人間はいないように思われた。ここに押し込まれて、反撃するいとまも与えず一気に機銃で撃たれたのだろうか。ざっと見て二十名近くいる。

銃撃を加えたのは誰か。銃声はいち早く、日米の艦船がとらえていたはずだ。なのに、自分には教えなかった……。

ヘッドセットを通じて、見たままの光景を報告する染谷の声が響く。

機械のように冷たい声だ。こんな光景を目にして冷静でいられるとは……。

それにしても酷(ひど)すぎると思った。

……抱いていた推測が当たっていると確信する。

ここで引き返すことはできない。最後まで見届けるのが義務だ。

いや……それができるのは自分をおいてほかにない。

遅れてやって来た蔡が戸口で呆然と立ち尽くしている。

上に通じる階段があった。そこにも死体が横たわっていた。

医官がそれを乗り越えるように上っていく。

矢島も階段を上った。

天井の何カ所かに取り付けられた白色灯が、その空間を照らしていた。

高さは三メートルほどあるだろうか。

奥行きは十メートルあるかないか。幅は八メートル弱。

中央にふたつの潜望鏡があり、左右の壁は電子機器類の埋め込まれたテーブルで埋め尽くされていた。ふたつある潜望鏡のうちのひとつは、天井近くまで上げられていて支柱が剝(む)き出しになっている。部屋のあちこちに椅子が散らばり、複数の制服が倒れていた。七人ほどだ。こちらも無抵抗のまま、射殺されたようだ。

ふたりの隊員は死体には見向きもせず、計器類のチェックに走った。

ひときわモニターの多いテーブルについた医官が、

「原子炉は正常です」

と報告を入れた。

その反対のテーブルに取りついた高木が、

「弾道ミサイルは正常」

と声を荒らげて報告する。

突き当たりのチャート台には海図とコンパスがあった。津軽海峡の海図だ。その半分は血で汚れていた。

それを横にいた蔡がつかんで引き裂いた。この期に及んで、まだ隠し事をしたいのだろうか。

発令所を出て通路に入った。艦長室の脇を通りかかる。前で何かが動いた。腹のあたりに棒のようなものが突きつけられた。小銃だ。ぬうっと亡霊のように、紺の制服が現れる。矢島は左手で銃の先をはたいた。右足を踏み込み、右の脇に小銃を抱え込む。青白い顔の男の眉間に拳を打ちつけた。

男は壁に後頭部をぶつけて、床に倒れ込んだ。

ほっと息をついた。男の制服をあらためる。乗組員に間違いないようだが……油断ならない。

17

通路の先に丸い水密扉がある。

半分ほど開いていた。染谷はその向こう側を窺っている。

医官と高木が追いついてきた。

染谷が水密扉の中に身を滑り込ませた。医官と高木、そして矢島、蔡（ツァイ）の順に続いた。

長い通路が伸びている。四十メートルはあるだろうか。通路そのものは一メートル足らず。それをはさんで、左右に一本ずつ赤く塗られた直径二メートルほどの丸い柱が奥に向かってずらりと立ち並んでいた。

一列に六本ずつ、左右合わせて十二本ある。その柱のひとつひとつにダクトや計器類が苔（こけ）のようにびっしりと貼り付いている。

足元から震えが走った。柱のひとつひとつが、弾道ミサイルの収納塔であるのにようやく気づいた。

世界を破滅に導くことができる兵器がつまった空間に足を踏み入れたのだ。

歩みを進めながら、信じられない思いで、それらの一本一本を見つめる。

収納塔は三メートルほど上にある天井を貫いて、さらに伸びている。ミサイルの長さは潜水艦の底から天井まであるはずで、いま目にしているのは、ミサイルの先端からやや下の部分のはずだ。自分たちが立っているフロアは、四層構造になった潜水艦の上から二番目あたりだろう。

乾いた銃の掃射音がした。

通路の先の暗がりからだ。

真横にある収納塔の陰に這いつくばった。水密扉から入って二つ目の塔だ。あちこちに跳ね返った音が後を引いた。

医官が矢島に重なるように同じ場所に避難した。

高木と蔡はすぐ右手の塔のうしろに張り付いている。

「敵です、敵の激しい抵抗あり、自動小銃で応射されています」

上ずった高木の声がヘッドセットを通じて聞こえた。ちはやに報告しているのだ。

「何名だ？」

「一名、ないしは二名」

矢島は横になったまま体をずらし、通路の奥を覗き込んだ。三十メートル前方に六つ目の収納塔がある。そこから先は暗くて見えない。

そのあたりに何者かが潜んでいるはずだ。

突然、斜め前の収納塔の横っ面から、89式自動小銃の先端が現れた。次の瞬間、火を噴いた。膝立ちの体勢で、染谷が撃ったのだ。

通路の先の暗がりに着弾して火花が散った。

同じ場所から激しい掃射音がして、あたり一面に着弾した。床に這いつくばり体を丸めた。

敵は何人いる？

染谷の姿はなくなっていた。右手のずっと先だ。通路と反対側の壁に沿って、匍匐前進していく染谷の姿が収納塔のあいだに垣間見えた。

すぐそれは塔の陰に入って見えなくなった。

横にいる高木が姿勢を低く構え、膝撃ちの体勢で小銃を撃った。

暗がりに着弾した。応射はなかった。

矢島は小銃のロックを外し、立ったまま同じ場所に銃を撃ち込んだ。

すぐさま体を丸め、通路の上を回転する。高木と蔡のいる空間に移った。

同時に暗がりから掃射音が長く響いた。

「二カ所です」

前方を窺う高木が言った。

六つ目にある左右の収納塔の陰に、ひとりずつ隠れているようだ。

「行くぞ」

矢島は声をかけて、素早く前方の収納塔に向かって動いた。ふたたび掃射音がして銃弾が降り注いだ。それがやむと、思いきって立ったまま通路を横切った。ひとつ前の収納塔の陰に入る。

ミサイル収納区画の中間にたどり着いた。

無線に染谷の声が入った。「DD使用。準備……」

聞き終わると同時に、雷が落ちたような大音響が響き渡った。

一瞬、あたりが昼間のような閃光に包まれた。

防護服の上から、かろうじて耳を塞いだので、どうにか間に合った。

染谷が音響閃光弾（スタングルネード）を投げつけたのだ。

矢島は小銃のロックを外し通路に飛び出た。奥に向かって立射の体勢をとる。

暗がりの中から、頭を抱え込むようにして紺の制服が現れた。

一連射。

制服が倒れた。

間髪をおかず突進する染谷の背中が見えた。最後の格納塔に達したとき、くるっと前方に転がった。続けて、小銃の発砲音が聞こえた。

それまで敵のいたあたりで、染谷が手をふっていた。

制圧したようだ。

うしろから駆け出してきた高木に追い抜かれる。蔡はショックで動けないようだった。

矢島も格納塔のあいだの通路を走った。

区画のいちばん奥に、制服を着たふたりの乗組員が横たわっていた。

染谷は高木とともに、ふたりの制服のポケットをあらためた。何もないようだった。

医官がやって来て、生命反応を調べた。ふたりとも事切れていた。

潜水艦に入ってから抵抗を受けたのは四名。

彼らは408号の乗組員に間違いないが、いきなり襲撃してきた理由は不明のままだ。

それについて、隊員たちは何も語らなかった。

染谷がいなくなっていた。

通路を後戻りして、あたりを窺う。

中間地点まで来たとき、右手の収納塔の向こう側で動くものがあった。

床から一段低くなったところに狭い部屋がある。

その中に染谷がいた。ミサイルを運用する要員たちの部屋のようだ。

矢島も部屋に入った。三メートル四方。コの字型に三段ベッドが置かれた窮屈な部屋だ。

染谷は個人用の引き出しを念入りに調べていた。

床にジョイスティックやヘッドホンが転がっている。

入り口のすぐ脇の棚に、液晶モニターとゲーム機が置かれてある。秋葉原のシリコン丸で売っていた遊戯王だ。

電源が入ったままだ。モニターに宇宙船のコックピットから見た地球と、そこから打ち上げられる無数のミサイルのCG映像が映っていた。シリコン丸の二階にあったゲームセンターで中国人たちが興じていたゲームではないか。

矢島が見ているのに気づいた染谷が、あわただしく電源を切り、ケーブルを引き抜いた。背後から、その様子をじっと見守る蔡の視線に気づいた。

「この先、原子炉があります」無線で高木の声が響いた。「染谷さん、いまどちらに？」

「了解、そっちに行く」

染谷が応答する。

自分たちがいまいるミサイル収納区画の先は、原子炉とそれを動かすタービンなどの機械で埋まっているはずだ。

「行こう」

染谷が声がけして、部屋をあとにする。

蔡に続いて矢島もそこを出た。

高木たちのいる場所に戻る。

原子炉区画につながる丸い水密扉は閉じられていた。

医官がゆっくり取っ手を回して引いた。

完全に開いたところで、医官が先陣を切って扉をくぐった。

高木と染谷が続き、そのあと蔡が入った。矢島はしんがりについた。

区画に入った瞬間、矢島は驚きに包まれた。

想像していたものより、整然とした空間が広がっていた。

床も壁も磨き上げられている。左右にひとつずつ鎮座する巨大な円筒形の容器が目映いほど白い輝きを放っていた。原子炉だ。

髪の毛一本ほどの傷もなく、染みひとつ付いていない。生まれたての赤ん坊の肌のようだ。

異様なのは、部屋のそこかしこに付けられた放射線検知器の数だ。どれも正常値を示している。異常はないようだ。

通路の先に原子炉の操作室があった。

今度は蔡が真っ先にそこに入った。

医官が追いかけ、矢島もそれに続いた。高木と染谷があとにつく。

操作テーブルの椅子に、士官用の白い制服を着た男が座り込んでいた。

若くはない。四五、六か。細長い顔だ。救いを求めるような目で蔡を見ている。

反対側の壁に、これもまた士官用の制服を着た男が床に尻をついて、もたれかかっていた。こちらも同じぐらいの年代だ。顔立ちも似ている。目が少しくぼんでいるようだが、そこにも怯えの色がにじんでいた。

ふたりの真ん中だ。制御パネルの前の床に、紺の下士官服を着た若い乗組員がしゃがみ込んでいた。その乗組員が中国語でわめきながら立ち上がろうとした。

その瞬間、蔡の手元で爆発音が響いた。拳銃を撃ったのだ。

乗組員は壁に投げ出されるように倒れ込み、床に転がった。

高木と染谷が小銃を蔡に向けた。

目の前で起きている出来事に理解が追いつかなかった。

通訳としてチームに加わったくせに、これまで蔡は何の役にも立たなかった。そればかりか、大使館の参事官ともあろう者が、銃を隠し持ち同国人の兵士を撃ち倒すとは——。

横たわっている男のうしろに拳銃があり、それを高木が取り上げた。

撃たれた乗組員は士官服を着たふたりを銃で見張っていたのだ。

「銃を捨てろ」

高木が蔡に呼びかけた。

蔡は銃を持った手を垂らした。銃は握ったままだ。

人民解放軍の制式銃。大使館から持ってきたのだ。

染谷は成り行きを見守り、その場から動かなかった。

蔡は相対している白の士官服を着たふたりのあいだに立った。そして、椅子に座っているほうの男に銃口を向け、

「艦長はおまえか？」

と中国語で言い放った。

男は汗で濡れた顔で何度もうなずき、「わたしが張です」

と答えた。

蔡は続けて床にしゃがみ込んでいるほうの男に銃を向けた。同じ質問を繰り返す。

「そっちじゃない」男は言った。「艦長はわたしだ」

蔡は男たちの着ている制服にある階級章に見入っている。

ふたりとも同じ軍服。肩にある二つ星の付いた階級章も同じものだ。二つ星は中国海軍で大校、日本風に言えば少将を表す階級章だ。どちらかが本物の艦長の張志丹であるはずだ。

「蔡」矢島は静かに声をかけた。「銃を下ろせ」

蔡は猜疑心をみなぎらせた顔で首を横にふった。

矢島はウイルス防護服のチャックを足下まで引いて、上から脱いでいった。コンバットスーツだけになり、防護服を放り投げる。呼吸が楽になったので、思いきり息を吸い込む。

その様子を唖然とした顔で蔡が見守る。

まず、椅子に座っている士官服の男のボディーチェックをする。武器は持っていない。

矢島を見つめる蔡に、

「おまえは艦長の写真もろくに見ていなかったのか？」

と問いかけた。

図星だったらしく、蔡の顔が強ばった。

士官服を着たもうひとりの男のボディーチェックもすませる。

ふたりとも武器を持っていない。

矢島は蔡を脇にどかし、代わってふたりのあいだに立った。「胡暁明(フゥシィアオミン)。おまえはどっちだ？」

中国語で語りかけられ、ふたりは顔を見合わせ、首を同時にふった。

「胡暁明でないなら、水天法の信者はどっちになる？」

ふたりは口々に、

「おれじゃない」

と中国語で叫ぶ。

矢島はヘッドセットのプレストークボタンを押した。士官服のふたりを交互に見ながら中国語で呼びかける。「胡暁明、おまえに言いたいことがある。よく聞け」

そのあと同じことを日本語で話した。

無線の向こうだ。海上に浮かぶぶちはやで反応する気配があった。

蔡は退いて、銃を持つ手を下ろした。

「おまえの家族が政府からひどい目に遭ったことは聞いている。住んでいた家から追い出され、両親が亡くなった」矢島は中国語で続ける。「軍に引き戻されたおまえは、失意のどん底にあった。そんなとき、水天法の信者に声をかけられた。よかったら、教会に来てみないかと。それに従ったおまえは、彼らから甘い言葉を吹き込まれた。水天法の信者となるのに、一週間とかからなかったそうじゃないか」

同じことを日本語で話した。

610弁公室の刺客に撃たれた周正天（チオウチオンティエン）が、息を引き取る前に語ったのだ。

ふたりの表情を交互に見る。困惑しきっている顔だ。

しかし、どちらかは演技をしている。

「この408号には、おまえと同じ中国東北地方出身の兵隊が何人かいた。その連中に声をかけて、共産党政府に敵を討ちたいと申し出た。その連中は同意した。問題はその方法だ。おそらく水天法の側から持ちかけられた。そうだな?」

交互に両国語でしゃべる。椅子の男が訳のわからない顔で矢島の顔に見入った。

「須山さん、そこにいるか?」

矢島がマイクに問いかけると、応答があった。

「いる」

須山の声だ。

「以前、行方不明になったソビエトのK129の話をしたな。どうしてミサイルの発射管が爆発した?」

「……だからそれは永遠の謎だと」

「いいかげんにしてくれ。ソビエトの原子力潜水艦が、そう簡単に消息を絶つか? 艦長が命令に逆らって勝手に潜水艦を動かすか? もっと合理的な解釈をしたらどうなんだ」

須山の応答はなかった。

「唯一考えられるのは、潜水艦が乗っ取られたことだ。しかも、反体制派……テロリストにだ。潜水艦を乗っ取ったあと、進路をハワイに向けさせた。ホノルルがミサイルの射程に入ってから、連中は核ミサイルの発射ボタンを押した。しかし、正式な手続きを踏まなかったために、発射管が爆発して潜水艦は沈没した。それがあの事件の真相ではないのか?」

「矢島」宮木の声がヘッドセットを通じて響いた。「……何を言い出すかと思えば……」

「いま、この艦で起きている状況も同じだ」

「テロリストが原潜を乗っ取ったと?」

「まだ途中の段階だ。乗っ取りは成功していない。そうだな、須山さん」

答えはない。

医官をはじめとして、高木も染谷も、固まったように動かなかった。

「クリーニャはまだ、開いていない」矢島は続けた。「四日前、一度だけ408号は日本海上で浮上した。そのとき、この艦から平電で発せられた言葉だ。それは中国海軍に向けてではなく、水天法の同士に呼びかけた符丁だ。クリーニャ――氷の塊……おそらく今回の反乱を指している言葉だろう。〝開いていない〟は〝成功していない〟。つまり、〝反乱はまだ成功していない〟という意味になる。それでいいな?」

矢島は艦長の制服を着たふたりの男に、同じ内容を中国語で話した。

椅子の男がまじまじと矢島に見入った。床の男は、ふと思いついたような表情を見せた。微妙な差があった。

「408号を乗っ取ったら、津軽海峡を抜けてベーリング海に向かい、そこで核ミサイルをワシントンにロックオンする予定だった。しかし、乗組員の抵抗を受けて銃の撃ち合いになり、反乱兵たちの多くは死んだ。それでも、どうにか残ったメンバーで潜水艦の操舵員を脅して、日本海を抜け津軽海峡まで持ってきた。それがいまの状況だ」

「……どうしてそこまでするのかしら?」

無線でイザベルの声がした。

「アメリカと中国を開戦させるためだ」

「それが水天法の目的?」

「それしか考えられない」矢島は続ける。「現に、アメリカは南沙諸島をトマホークで攻撃しろと脅されたではないか」

「……そうね」

「潜水艦から反乱が失敗したという報を受け取った水天法は、日本にいる同志にもそのことを伝えた。世界的な大事件になるのは目に見えていたから、水天法としては自分たちの目的をカモフラージュする必要に迫られた。そこで次善の策をとった。それが、408号の乗組員たちのインフルエンザ騒動だ。水天法は、強毒性のインフルエンザに罹った乗組員が潜水艦に乗り込んだと見せかけるために、海南島の三亜ホテルと似た場所で、乗組員たちがインフルエンザにかかった映像を捏造し、花岡邦夫に送りつけた。それを見た日本政府はすっかり、信じ込んだ……」

「でも、インフルエンザウイルスは実際に強奪されたのよ」

「それも水天法による工作だ。当初、日米当局は単純な強盗事件として処理しようとしたが、水天法による犯行だとわかると、事件の背景に行方不明になった408号の存在が絡んでいると考えるようになった。審議官、そこまではいいな？」

「続けろ」

宮木の声がした。

「おれがウイルスを奪還した直後だ。ここにいる蔡から日米政府に連絡が入ったはずだ」

「内容は？」

宮木が値踏みするように訊いてくる。

「408号で兵士による反乱が起きた。ついては、原潜がベーリング海に進出する恐れがあると」

蔡が額に青筋を浮かべて矢島をふりかえった。「矢島さん、どうやればわれわれが反乱を感知できるんだ？」

「いまさら笑わせるな。胡暁明の係累はおろか、その友人たちの家族を虱潰し（しらみ）に当たって、潜水艦の中で反乱を起こす計画をすぐにつかんだはずだ」

一時捕らえたマーメイの口からは、それを証明する言葉を聞けなかったはずだが。

ふっと蔡は鼻で笑った。「変な言いがかりはやめてほしいものだ。ウイルスを奪還したあとも、水天法の連中はインフルエンザの特効薬を横取りしたじゃないか。反乱など起きたはずがない」

「マーメイをはじめとする日本在住の水天法の信者たちは、反乱の事実を知らされていなかったはずだ」

「では、やみくもに、ウイルスや特効薬の強奪をしろと命令されたというのか?」

蔡に訊かれた。

「その通りだ。彼らは反乱の事実までは知らされていなかった。潜水艦に乗っている信者の乗組員がインフルエンザに罹ったとだけ教えられていたんだ。だから連中も同志を助けるために必死になって戦った。そういうことだな、染谷」

矢島がにらみつけると、染谷はにんまりと笑みを浮かべた。

当たっているようだ。

染谷は彼らの中にいて、その一部始終を見ていたのだ。

「まったく……中国にいる教主は何を考えているんだ」

蔡は吐き捨てるように言った。

「それはこっちが知りたい」矢島は床に倒れている下士官兵の脇にひざまずいた。「こいつはどっちだろうな？　反乱兵かそれとも通常の兵隊か……」

蔡は様子見をしている。

「部屋に入ったとき、あんたにも区別はつかなかった。だから、有無を言わさず射殺する以外になかった」

言いながら矢島は、横たわった体をあらためた。息はなかった。

胸ポケットに収まっていたハンカチを開けると、小さな十字架が現れた。それを蔡にかざしながら、

「この兵隊は水天法の信者のようだな。乗組員の中に、ほかにも信者がいるかもしれないが、区別は容易につかない。だから蔡、あんたは乗組員全員をいったん外に出すのに同意したわけだ」

蔡は反論せず、首を横に向けた。

中国側とすれば乗組員をいったんすべて入れ替えて、航行させなければならないのだ。

「イザベラ」矢島は英語で呼びかけた。「昨日、会ったときには、すでに蔡から反乱の事実を知らされていたな？」

応答はなかった。

「中国海軍も408号をコントロールできなくなったと」矢島は言った。「このまま、互いに動向を監視し続け、事態を収束させようという蔡の申し出に日米は同意せざるを得なかった」

「どうして、そこまで言えるのかしら?」

イザベラがようやく口を開いた。

「アメリカとしては絶対に中国との戦争は回避したい。日本政府も公海として宣言している津軽海峡で、アメリカとの戦端を開くために中国の原潜がとどまっているという異常事態を隠したい。中国共産党としても兵士の反乱という事実が公になれば、自分たちの足下が危うくなる。これが、インフルエンザウイルスの強奪と特効薬の奪い合いの理由だ」

銃声。目の前で蔡の持っている銃が火を噴いた。

椅子に座っていた男の額から血があふれ出る。うなだれるように、椅子から崩れ落ちた。

高木と染谷が、ふたたび銃口を蔡に向けた。

蔡は拳銃を床に落とし、しゃがみ込んでいる男に歩み寄った。「張艦長だな?」

男は安堵した顔でうなずいた。

蔡の下した判断は矢島の想像と同じだった。

蔡が撃ち殺した男こそ、胡暁明らしかった。

「わかっていたのか?」

矢島は蔡に声をかけた。

「むろんだ」蔡は倒れた男の顔を見やった。「あいつの口から何か聞けると思ったんだが」

反乱兵や水天法の教主についてだろう。

「それをみすみす……」

矢島はそれから先の言葉を呑み込んだ。

中国政府としては反乱の事実を伏せる必要がある。

胡暁明を生かしておくわけにはいかないのだ。

しかしと矢島は思った。まだ多くの乗組員がいるはずだ。彼らはどこにいるのだ。

ずんと突き上げるような震えが来た。矢島は操作テーブルに身を寄せた。

コンマ数秒後、くぐもった炸裂音が操作室に伝わった。

……爆発?

染谷と高木が操作室から出ていった。医官も続いた。

音がしたのは艦の前方だ。

目の当たりにしてきた魚雷がよぎった。あれか?

火の気はなかった。反乱者が何かを仕掛けた？

張が青ざめた顔でふりかえった。

「艦長」矢島は中国語で怒鳴った。「この近くに乗組員はいるのか？」

張は首を横にふり、

「ここからうしろは機械室ばかりだ。いるとしたら前だ」

と声高に叫んだ。

「案内してくれ」

「わかった」

張とともに矢島は操作室を飛び出た。

ミサイル区画を走り抜ける。発令所に続く水密扉をくぐった。

前方で小銃の発射音が響いた。

発令所からだった。潜望鏡の陰から、何者かがこちらに銃を向けている。

矢島を襲い、返り討ちにされた男が覚醒したのだ。

染谷と高木がすぐ先の艦長室に避難して、様子を窺っている。

ふたたび発射音がした。続けて二連射。

それがやむと矢島は身を低くして突進した。

ベレッタを突き出し、連射した。
艦長室の横を走り抜け、発令所に飛び込んだ。
うしろから、染谷が走り込んできた。
後方から乾いた発砲音がして、染谷が前のめりに倒れた。
一瞬何が起こったのかわからなかった。
……うしろから撃たれた？
潜望鏡のうしろから小銃の先端部分が現れた。
とっさに床に伏せる。横に転がりながら、小銃を握り締めた男を狙って拳銃を撃った。
胸元に当たり、男が目の前に倒れてきた。
その場に立ち上がり、半身になって銃を掲げ後方をふりかえる。
狭い通路から小銃を持った高木が走り込んできた。ほかに人間はいなかった。
染谷を撃ったのは、こいつか？
「任務完了」
小声で高木がマイクに吹き込むのが聞こえた。
高木は倒れた染谷には見向きもしない。
……ひょっとして、染谷を倒すのが任務？

目の前を通り過ぎる高木の横顔に、特別な感情は浮かんでいなかった。

倒れている染谷はぴくりとも動かない。防護服の背中が血で赤くにじんでいる。

「急げ。間に合わんぞ」

遅れてやって来た艦長の張に声をかけられた。

追いついてきた蔡とともに、矢島はそこを離れた。

脱出口まで戻った。

きなくさい臭いが立ちこめていた。

魚雷室に急ぐ。

兵員居住区を通り越した左手だ。先ほどは気づかなかったが、小さな階段があった。そこを下りていく張に矢島は続いた。蔡、医官、高木の順であとについてくる。

通路があり、張は突き当たりにある丸い水密扉に組み付いた。

力いっぱい回すと、ゆっくり扉が開いた。

数え切れないほどの人間が、こちらを覗き込んでいた。

部屋全体が鈍い輝きを放っている。壁に鏡が取り付けられ、洗面台が並んでいた。水回りはすべてステンレス製だ。奥にはシャワー室や洗濯室があるようだ。

その縦長の空間に、見たところ五十名以上の人間が詰め込まれていた。

艦の乗組員らだ。全員、武装解除されているようだ。

反乱を企てた水天法側の乗組員に閉じ込められたのだ。

張が出てくるように命令すると、次から次へと出てきた。

紺の制服が多い。白い士官服を着た乗組員も混じっている。

怪我を負った乗組員もいた。

医官がその場で応急手当にかかった。

「火の元を調べろっ」

張が大声を上げて命令を下しはじめた。

それに応じた乗組員らが、いったん洗面所に戻り、防護マスクを携えて、続々と階段を上っていく。

張は数人の乗組員に、艦の後方を調べに行けと命じる。

矢島も防護マスクを受け取り、火元と思われる魚雷室に向かった。

すでに魚雷室には、多くの乗組員たちがいた。

異常はないようだ。

前にあるソナー室から出てきた乗組員が、息せき切って言った。「時限爆弾を仕掛けられました。手製で急拵えのやつです」

高木と染谷が見過ごしたのだ。

「どこに仕掛けられたんだ？」

「ソナー装置の中に。外からでは見えません。魚雷室のは、たったいま取り除きましたが……」

爆発したのはソナー室のようだ。

「艦長」矢島は呼びかけた。救難艇について説明した。「怪我人を先に救難艇に移してくれ」

張はそれに応じて、次々に命令を発した。蔡もそれに従い、細かな指示を出す。

死んだ人間を除けば、乗組員の数は九十人を切っているはずだ。米軍の救難艇を優先して使えば、救出作業にかかる時間はわずかですむ。

矢島は無線で状況を報告しながら、染谷の元に戻った。

染谷はいなくなっていた。

すでに、誰かに助けられたのだろうか。

矢島は魚雷室に戻った。

防護マスクを付け、棚にある消火剤を手に取り、ソナー室に入った。

ソナーの機械らしい球体がひしゃげて、鉄くずがあたりに散っていた。

油に引火したらしく、火勢が衰えなかった。

消火器を抱えた七、八人がノズルを火に向けて白い液体をかけているが、消し止めることができない。

矢島も夢中で消火剤をふりまいた。

18

消火に一時間近くが費やされた。そのあいだに六十名近い乗組員が潜水艦から脱出した。残った乗組員とともに、時限爆弾を探したがどこにも見当たらなかった。

脱出口で四度目のドッキングが行われた。米軍の救難艇に三十名近く乗り込んだ。自衛隊の医官も同乗した。

ハッチを閉め、救難艇が艦を離れたその瞬間、ぐらりと潜水艦が右に傾いた。

救難艇が離れたときにかかった力に加えて、爆発の衝撃で潜水艦の下にある岩が動いたらしかった。

艦には矢島を含めて七名足らずしか残っていなかった。

矢島と高木、艦長の張(チャン)と乗組員の四人だ。

しばらくして、ヘッドセットに入感があった。「こちら、ちはや……」

宮木の声だ。「いまの衝撃で救難艇がドッキングできない」

ぞっとした。着底直後に原子炉が停止したのなら、数時間後には蓄電池の電池も切れて酸素供給されなくなる。そうなったら一巻の終わりだ。

「だが、レスキューチェンバーなら何とかなりそうだ」

宮木に続けて言われた。

「あの鐘か？」

ちはやの甲板にシートでくるまっていた釣り鐘状の救難用具だ。

しかし、もう旧式すぎて使われていないのではないか？

「念のために整備はしているらしい」

「そいつを下ろすのか？」

「もう、ダイバーと一緒に沈んでいる最中だ」

「ダイバーも？」

「そうだ。ダイバーが直接、チェンバーを脱出口にはめ込む」

「無茶なやり方だ」

「いや、レスキューチェンバーを使うときは、必ずそうするらしい」

「……だったら、さっさとやってくれ」

「待機しろ」

矢島は通話を終えて、艦長と高木に伝えた。

それを知らされた乗組員たちは、一様に顔を曇らせた。

全員で脱出口まで移動する。

傾いた艦内で、上を見上げながら待つこと五分。

金属の当たったような音が響いた。

チェンバーが着いたらしい。

金具を取り付けるような音が伝わってくる。

しばらくして、脱出ハッチの上でハンマーを叩く音が聞こえた。

高木がはしごを駆け上り、ハッチを開ける。

海水が降りかかってきた。ぽっかりと開いた穴の上で、ひとりの男が顔を出した。そのうしろにぼんやりと光る空間が広がっている。

五人の乗組員たちがチェンバーに移乗し、最後に艦長と矢島が収まった。

チェンバーの内部に窓はない。上側にハッチがある。スピーカーやハンドポンプらしきものが付いているだけだ。余分なものはいっさいなかった。穴があり、そこからシューシユーと圧搾空気が送り込まれてくる音がする。

チェンバーに乗ってやって来た自衛隊員が下部ハッチを閉めて、無線のマイクを取った。

「乗船完了。引き上げてください」

ぐらりとチェンバーが揺れたかと思うと、下方へ押しつけられるような感覚が尻にあった。

それきりチェンバーが止まった。上からぎぃぎぃときしむような音が聞こえる。

自衛隊員がマイクに取りついた。「どうして止まったんだ?」

応答がなかった。

矢島はマイクを奪い取った。「宮木、どうした? 早く上げろ」

「……ワイヤーロープがからまったようだ」

「からまった?」

「三本で吊っているが、そのうちの一本が空気を送り込む管にからみついたようだ、と潜ったダイバーが言っている」

「どうするんだ?」矢島は言った。「ダイバーに外してもらえないのか?」

「もう、上に戻っている途中だ」

「引き返せ」

「無理だ。これ以上の長時間の潜行は命取りになる」

「だったらどうする気だ？」

「待て。追って連絡する」

張に話すと乗組員らがあわてだした。

「おまえたちは潜水艦乗りだろ。これしきで狼狽するな」

張が言い聞かせても、むだだった。

「こんなところで死ぬなんていやだ」

ひとりの若い乗組員が声を上げると、ほかの乗組員も泣き言を喚きはじめた。

「空気が汚れる。黙れ」

聞き分ける乗組員はいなかった。

無線が鳴り、自衛隊員が応答する。全員が耳を傾けた。

「……了解」

無線を切った自衛隊員は矢島をふりかえった。「上では別のダイバーの飽和潜水の準備ができていないそうです」

矢島は目の前が暗くなった。

水深百メートル以上潜る場合、潜水病を防ぐために、あらかじめ減圧室に入り体内にへリウムなどの不活性ガスを可能な限り吸収しなくてはならない。それには数時間を要するのだ。

張に話すとうなずいて乗組員らをふりかえった。

「志願を募る」張は言った。「緊急脱出筒から外に出る者。いないか？」

手を上げる者はいなかった。

意味がわからず、矢島は訊き返した。

「潜水艦の後ろにある。ふだんは昇降筒として使っているが、緊急用の脱出口にもなっている。脱出用のダイバースーツを着て、エスケープ・トランクを海水で満たし、外に出る方法がある」

「着底したとき、そこから逃げなかったのか？」

「反乱兵が艦を制圧したあとだ。どうやって逃げる？　海上に上がったとしても、味方の船はいないんだぞ」

「わかった……そこから出て、ワイヤーを解くというのか？」

張は真顔で見つめた。「ほかにあるか？」

「無理だ。どれくらいの圧がかかっていると思う？　人の力でやすやすと解けるものか」

自衛隊員が割り込んだ。「……上では、絡まっているうちの一本を切ればよいと言っています」

張が矢島の腕を握った。「ワイヤーカッターなら、潜水艦にあるぞ」

19

はしごを伝って、矢島はふたたび生存者の消えた艦に戻った。

発令所を通りミサイル区画を走り抜ける。染谷の姿は消えていた。もう助け出されたのだろう。原子炉を横目に船尾へ向かった。張に教えられた場所に機械部品室があった。

ワイヤーカッターはなかなか見つからなかった。張り替え用のダクトの陰に隠れていた。ようやく黄色い棒を見つけた。一メートルほどもある大きなワイヤーカッターだ。

教えられた通り、オレンジ色のダイバースーツらしきものが掛かっていた。

大きい。一センチ近く厚みがある。アクアラング（水中呼吸具）や足ヒレの入ったバッグもある。

その中にダイバースーツとワイヤーカッターを入れた。

バックを引きずりながら、さらに船尾に向かった。

タービン室の階段を上りつめる。

脱出口と似たはしごがかかっていた。後部昇降筒のようだ。

そこを上がった。

天井にあるハッチに手をかける。少しひねっただけで、下向きに開いた。どっと水が落ちてきた。床が水浸しになった。

すでに使った人間がいたのかもしれない。

中を覗き込むと円筒形のスペースが見えた。

二メートルほどの高さがある。上に別のハッチが付いていた。

いったん下に戻り、バッグを担ぎ上げてスペースに入れた。

スペースに入り、下部ハッチを閉める。

ダイバースーツに着替え、頭からすっぽりとゴムで覆われた。

下部ハッチをもう一度開けて着ていた服を下に落とした。ハッチを閉め直し、足ヒレを付けてからアクアラングを背負う。尻餅をつきそうになった。重い。

ワイヤーカッターを立てかけてから、ゴーグルをはめてまわりを見た。

股下のあたりに赤い線がぐるっと引かれていた。

不安が押し寄せてくる。

結局、矢島以外に志願した人間はいなかった。

とはいえ、スキューバダイビングの経験はあるが、その程度だ。

ましてや、この深海……。

うまくいくだろうか。

心臓の踊るような音が耳元でしている。

教わった手順を頭の中で繰り返す。

やるしかない。

両手を伸ばし頭上のハッチを握りしめた。反時計回りにゆっくりと回した。

矢のように水が飛んできた。猛烈な飛沫(しぶき)になり、またたく間に足首から膝へ海水がたまる。氷水のようだ。恐ろしく冷たい。赤い線に達した。ハッチを上に押し込んだ。

動いたものの、ハッチは閉めきれない。

みるみる海水が腰まで上がってくる。体の熱がいっぺんに奪われる。

満身の力を込めて、上に押し込んだ。

どうにかハッチが閉まった。

筒に残った空気を思いきり吸う。

赤い線の上にある小さなコックをひねった。

シュッという音がして、加圧するための空気が入ってきた。

耳に針を差し込まれたような痛みが走る。
それが治まったところで酸素ボンベの栓をひねり、マウスピースを口にはめた。
喉を通り、どっと酸素が肺に入ってきた。
ここからだ。問題は。
どす黒い恐怖が押し寄せてくる。
両手を伸ばし、上部ハッチに手をかける。
神に祈った。
もう一度回す。どっと水が落ち込んできた。
回しきった。
またたく間に筒は海水で満たされた。ふいに体が軽くなった。
ワイヤーカッターを握りしめ、足を蹴る。
上部ハッチの上に手が届いた。
ゆっくりと引いてやる。
上半身が外に出た。暗い。
横殴りの圧力がかかった。
体ごと持って行かれそうになった。

とてつもない勢いだ。海流。経験したことのない流れだ。
筒の中に入ったままの下半身に力を込める。身を低くした。
暗い。ざらついた音が耳に入ってくる。
冷たい。できれば戻りたくなった。しかし、引き返せない。
束の間、頭が真っ白になった。
五十メートルほど先だ。ぼんやりと、塔のようなものがかすんで見える。
潜水艦の艦橋だ。その先にあるはずのチェンバーは望めなかった。
手にしたワイヤーカッターを強く握りしめ、外に出してみた。
カッターは艦橋のある方角へ向いた。海流は船尾から船首方向へ流れている。
うまく流れに乗れば……。
やるしかない。下半身に込めていた力を抜いた。
腰を浮かせる。あっという間に、筒から出た。海流に体ごと呑み込まれた。
黒い鉄の塊の上を猛スピードで動いている。
艦橋が目の前に来ていた。
かろうじて衝突を避ける。通り過ぎる寸前、左手でそれにしがみつこうとした。
失敗した。

艦橋が遠ざかり、気がついたときにはチェンバーが眼前に迫っていた。

体ごとぶつかった。ワイヤーカッターを落としそうになった。

どうにか引き留める。

チェンバーの外側に回された鉄の輪にしがみついた。

押し寄せる海流のせいで、チェンバーに押しつけられる。張り付いて海流の下手に回った。ブルワークと呼ばれるチェンバーの上の出張った部分に手がかかった。右手で体を引き上げる。

チェンバーの上にどうにかたどり着いた。海流がもろに押し寄せてくる。

ひどく体が重かった。目がかすんでくる。ふっと意識が飛びそうになった。

潜水病だ……。

目を覚ませ。

目の前にハッチがあった。反射的に、その取っ手にしがみつく。

しばらく、じっとしていた。

起きているのか寝ているのか、どっちつかずのようだった。

……眠い。

ふっと体を持って行かれそうになった。

目を覚ます。穴の開いたチェンバーの突起部分が見えた。そこに太いケーブルが接続されていた。ケーブルは、二メートル上でフックに引っかけられ、それにつながった三本のワイヤーロープが上に向かって蛇がのたうつように伸びていた。

ゆっくりと見上げる。

十メートルほど上だ。三本のロープのうちの一本が、空気を送り込むロープに絡みついていた。……あれか？　あれを切ればいいのか？

次はどうすればいい。

そうだ。チェンバーの中にいる連中に知らせなくては。

そう思い出して、ワイヤーカッターを持ち上げ、チェンバーを叩いてやる。

二度深呼吸した。少し頭がはっきりした。

カニのように横ばいになって、ロープが連結されている突起部分をつかんだ。

そのまま引いて、ケーブルにしがみついた。それだけでひどく疲れる。

肝心なのはこれからだ。

息を殺し、ケーブルをつかんでゆっくりと上に上る。フックのところまで来て、ケーブルを両足ではさんだ。

海流のせいで体が動かされる。そのたび引き戻す。

腹筋に力を入れ、体を立て直す。両手でワイヤーカッターをつかむ。

もう一度上を見て確認した。

このワイヤーロープに間違いない。

顔を近づけ目を凝らして見つめる。

複数の細い鉄線がより合わさった形状だ。ひとつの鉄線の太さは六ミリほど。その鉄線の三つほどに、ワイヤーカッターの刃先を合わせた。

すっと流れに動かされた。合わせそこねる。

もう一度やった。

手応えがあった。つかめたようだ。

それにしても、気持ちがいい……このまま寝入ってしまえば、どれほど楽だろう……。

ふいに意識が切れかかった。あわてて、両手でつかんでいたカッターを思いきり引いた。

びくともしなかった。

もう一度引く。

硬い。岩を引いているようだ。

少し手元に戻して、もう一度両手で引いた。

かすかに抵抗があった。渾身の力を込めてカッターを引く。

鉄線が二本ほど切れた。それでも、ワイヤーはびくともしなかった。ケーブルにはさんだ足が離れそうになった。あわてて、上体ごとケーブルに身を寄せた。

眼前が暗くなる。また眠りに落ちようとしている。

雪のようなものが散っている。赤煉瓦づくりの二階建ての家が浮かんだ。幼いころに暮らしたハルビンの我が家だ。三部屋もあり広かった。スチーム、水洗トイレ、何でもあった……。

だめだ、だめだ。

目を見開いた。

ワイヤーとカッターの刃先を見つめる。油がにじんでいるように、歪んで見えた。

同じ調子でワイヤーを切る。また二本。もう一度続ける。

海流に流されそうになった。あわてて体をケーブルに張りつける。

もう一度、カッターを引いた。手応えがあった。

上下にぷっつりと切り離されたワイヤーが海流に流されて遠のいていく。

チェンバーが右に傾いたような気がした。

何かしなければいけない。何だ？

思い出した。カッターで二度、チェンバーの屋根を叩く。

打ち合わせした合図だ。

バラストタンクの水を抜いたらしく、おびただしい水泡が下から出てきた。

次の瞬間、チェンバーがぐらりと揺れた。

下からチェンバーが持ち上がってきた。離艦したのだ。

ケーブルをつかみ直した。カッターが手からこぼれ落ちる。

尻がチェンバーの屋根にあたり、そのまま上に押し上げられた。

両手でケーブルをつかんだ。

息をついた。

横ではなく、上からの流れになった。

……上昇している？

気分が高揚してきた。それと同時にひどい脱力感があった。

もう一度ケーブルにしがみついた。

絶対に離すなと自分に言い聞かせる。

それとは反対に意識が遠ざかる。

またハルビンの家に戻っていた。整理ダンスに楕円形の鏡が付いていた。それが反射して、ふすまに当たっていた。その光がつくる陰にいつもおびえていた。

母親の声がした。満天の夜空だ。真夜中、起こされて見せてもらった。あの空だ……。ふいに首に差し込むような痛みがあった。目が開いた。細かな水泡が漂っていた。海の中にいるのだ。いま自分は……。暖かくなってきた。自分がどこにいるのか、またわからなくなってきた。目の前に大きな湖が広がった。鏡泊湖(チンプォフゥ)だ。父親に連れて行ってもらった。凍った水の上を歩いたのだ……また、雪が降ってきた。違うぞこれは。楊柳(ヤンリゥ)から流れてきた綿毛だ。何か明るくなってきたような気がする。もう春か……ハルビンの春は美しかった。そうだ、これは綿だ……。それきり、矢島の意識は切れてしまった。

20

気がついたとき、まわりに壁が迫っていた。まだ潜水艦の中にいるのかと思った。天井は丸く、淡い電球が灯っていた。手を伸ばした先に鉄製の容器があり、そこに透明な管が通っていた。狭い。もう片方の手を伸ばすと、壁に当たってしまった。クリーム色に塗られた丸い壁面は、鉄でできていた。

天井は低く、立ち上がることもできない。小さなタンクの中にいるようだ。半身を起こした。パジャマに着替えさせられている。

鉄の鋲で打ち付けられた丸い小さな窓がある。

そこから外を窺うと、制服姿の自衛隊員が忙しげに動いていた。医療器具が見える。ちはやの中にいるようだ。

安堵のため息が洩れた。頭に針を刺されたような疼痛が走った。

頭を抱えてやりすごす。

窓を叩く音がして顔を上げた。

足下にあるガラス窓から、眼鏡をかけた神経質そうな顔が覗き込んでいた。宮木だ。手に持ったマイクを口に持って行った。

「大丈夫か？」

宮木の声が壁に付けられたスピーカーから聞こえた。

「ああ……何とか」

「長いあいだ、寝てたな」

頭がまだすっきりしなかった。矢島は枕元にある受話器を取り、口に近づけた。

「……おれは、助かったんだな？」

「微妙なところだった。チェンバーから五十メートルも離れたところに浮かんでたんだからな」

やはり、最後は意識を失ってしまったのだ。

相手のマイクを通じて聞こえる自分の声が、いつもより高くおかしかった。

ようやく、自分が減圧室の中に閉じ込められているのだとわかった。

高い気圧のかかった酸素が送られて来ているはずだ。

それにより、深海で血液に溶け出した窒素を排出するのだ。

「何時間寝た？」

「もう八時間たった。夕方だよ」

「原潜の乗組員は？」

「生き残っていた連中は全員救出した。安心しろ」

「そのあとは？」

原潜はずっと海底に沈んだままでいるのか？

「三時間前、中国海軍から原潜を運航するための最低人員がヘリで到着した。もう間もなく、ここから離脱する」

「……よかった」

「助かった。おまえのおかげだ。ゆっくり寝てくれ」

「目が覚めたばかりだぞ」

「食い物は何がいい？　パンとうどんぐらいしかないが」

「水を持ってきてくれ」

「わかった」

離れていく宮木を呼び止めた。

「染谷はどうした？」

宮木は少し考えてから、

「あの男か？　ちはやには戻ってきていない。艦の中で殉職したはずだ」

「遺体は？」

「見つかっていない」

奇妙に思えた。救出時の混乱にまぎれて、見過ごされたのだろうか。

染谷が撃たれたときのことを思い返した。撃ったのは高木しかあり得なかった。

高木が撃った動機として、染谷が大村を射殺したことが考えられるが、もともと高木は大村の部下ではなかった。それに、高木は任務として撃ったようなことを漏らした。

染谷は一自衛隊員の枠を超えて、水天法に深く関わっていた。自衛隊としても、その扱いは微妙になるはずだ。当初から染谷を亡きものにするために、あえて艦の中に入れたとしたら……。

「とにかく、ゆっくりしろよ」

宮木に言われた。

「そうも、していられないと思うがな」

「海底百メートルから命を拾ったんだ。おとなしくしてろよ。切るぞ」

「何も終わっていない」

矢島は言った。

「おいおい、まだ頭に血が通わないか?」

「青森国際大学のサテライト校の調べは進んだのか?」

「まだこれからだ。どうした? もうすんだことだ」

「遊戯王は?」

「……ゲーム機か。いいかげんにしろ」

矢島は宮木をにらみつけた。「あれを造っているのは日本国内のメーカーのはずだ。工場は見つけたのか?」

「まだわからん」

「ゲーム機はチェックしたか?」

「そんな暇はない」

「分解して調べたほうがいい」

「おもちゃメーカーにまかせるさ」

どこまでシラを切っているのか、わからなかった。

「SDAについてはどれくらいつかんでいる?」

略称を口にしたが、訊き返してこないところを見ると、正式名称はわかっているのだろう。

「どうして、そんなことまで知りたがるんだ?」

矢島の脳裏に、サテライト校のテレビで見た儀式がよみがえってきた。

「水天法だ。連中につながっている。教主は日本に来ているかもしれない。どこまで調べた?」

「それはまだ、これからだ。おいおい調べるさ」

「悠長なことを言っている場合じゃないと思うがな」

数十万台に上る精密機器を造り、大学さえ私物化している。そして、奇妙なNPO法人。それなりの政治力と財力が必要だ。中国人にできる範疇を超えている。

宮木は怪訝そうな顔で矢島を見た。

「考えても見ろ」矢島は言った。「これだけの大事を、この日本であっさりとやってのけたんだ。おそらく日本人のバックがいるはずだ。」

「どこからそんなことを仕入れたんだ？」

宮木が官僚に戻った顔で訊いてきた。

やはりすでに、この男は何らかの情報を得ていると思われた。

「体だ」

矢島は答えた。

連中と戦えばわかる。とてつもない相手であると。

宮木はいなくなり、体を横たえた。

節々が痛んだ。インフルエンザウイルス強奪からはじまって、千葉、東京、川口、そして青森。原潜内部で動き回ったときの光景がよみがえってくる。

――これははじまりに過ぎないのではないか。

もっと恐ろしいことがこれから先、起きるような気がしてならなかった。

ふたたび眠気がやって来た。握りしめていた手から力が抜けていく。

そうに違いない。日本……いや世界がひっくり返るような出来事が遠からずやって来る。

確信に満ちた思いが満ちてくる中、矢島はふたたび眠りに落ちていった。

（了）

参考文献

日本掠奪――知ったら怖くなる中国政府と人民解放軍の実態　鳴霞　桜の花出版
原潜回廊――日本近海での米ソ秘密戦の実態　小川和久　講談社文庫
続　艦船メカニズム図鑑　森恒英　グランプリ出版
大図解 世界の潜水艦　坂本明　グリーンアロー出版社
ディスカバリーチャンネル Extreme Machines 原子力潜水艦（DVD）　角川書店

中公文庫

着底す
――CA ドラゴン2

2014年12月20日　初版発行

著　者　安東能明

発行者　大橋善光

発行所　中央公論新社
〒104-8320　東京都中央区京橋2-8-7
電話　販売　03-3563-1431　編集　03-3563-2039
URL http://www.chuko.co.jp/

DTP　平面惑星
印　刷　三晃印刷
製　本　小泉製本

Published by CHUOKORON-SHINSHA, INC.
Printed in Japan　ISBN978-4-12-206047-0 C1193

各書目の下段の数字はISBNコードです。978－4－12が省略してあります。

中公文庫既刊より

あ-78-1 CAドラゴン 安東能明
刑事もテロリストも恐れる最強の男――警察庁と極秘に契約を結ぶエージェント・矢島達司が、凶悪な犯罪者どもと闘うアクションシリーズ、遂に始動！
205992-4

や-53-1 もぐら 矢月秀作
こいつの強さは規格外――。警視庁組織犯罪対策部を辞し、ただ一人悪に立ち向かう「もぐら」こと影野竜司。最凶に危険な男が暴れる、長編ハード・アクション。
205626-8

や-53-2 もぐら 讐 矢月秀作
警視庁に聖戦布告！　影野竜司が服役する刑務所が爆破され、獄中で目覚める〝もぐら〟の本性――超法規的、過激な男たちが暴れ回る、長編ハード・アクション第二弾！
205655-8

や-53-3 もぐら 乱 矢月秀作
女神よりも美しく、軍隊よりも強い――次なる敵は、中国の暗殺団・三美神。影野竜司が新設された警視庁特務班とともに暴れ回る、長編ハード・アクション第三弾。
205679-4

や-53-4 もぐら 醒 矢月秀作
死ぬほど楽しい殺人ゲーム――姿なき主宰者の目的は、復讐か、それとも快楽か。凶行を繰り返す敵との、超法規的な闘いが始まる。シリーズ第四弾！
205704-3

や-53-5 もぐら 闘 矢月秀作
新宿の高層ビルで発生した爆破事件。爆心部にいた被害者は、iPS細胞の研究員だった。新細胞開発に蠢く闇に迫る！　シリーズ第五弾。
205731-9

や-53-9 リンクス 矢月秀作
最強の男が、ここにもいた！　動き出す、湾岸の守護神――。大ヒット「もぐら」シリーズの著者が放つ、高速ハード・アクション第一弾。文庫書き下ろし。
205998-6